中国现当代文学发展研究

王杰彦 ◎ 著

吉林出版集团股份有限公司

图书在版编目（CIP）数据

中国现当代文学发展研究 ／ 王杰彦著. — 长春:
吉林出版集团股份有限公司，2024.2

ISBN 978-7-5731-4631-1

Ⅰ．①中… Ⅱ．①王… Ⅲ．①中国文学－现代文学－
文学研究②中国文学－当代文学－文学研究 Ⅳ.
①I206.6

中国国家版本馆 CIP 数据核字（2024）第 049836 号

中国现当代文学发展研究

ZHONGGUO XIAN DANGDAI WENXUE FAZHAN YANJIU

著　　者	王杰彦
出版策划	崔文辉
责任编辑	杨　蕊
封面设计	文　一
出　　版	吉林出版集团股份有限公司
	（长春市福祉大路 5788 号，邮政编码：130118）
发　　行	吉林出版集团译文图书经营有限公司
	（http：//shop34896900.taobao.com）
电　　话	总编办：0431-81629909　营销部：0431-81629880/81629900
印　　刷	廊坊市广阳区九洲印刷厂
开　　本	787mm×1092mm　　1/16
字　　数	212 千字
印　　张	13
版　　次	2024 年 2 月第 1 版
印　　次	2024 年 2 月第 1 次印刷
书　　号	ISBN 978-7-5731-4631-1
定　　价	78.00 元

如发现印装质量问题，影响阅读，请与印刷厂联系调换。电话：0316-2803040

前　言

　　中国现当代文学，作为中国文化传承的瑰宝，拥有丰富多彩的历史和文化底蕴，它不仅是文字的艺术，更是时代的镜鉴。中国现当代文学发展研究，这一领域一直以来都备受广大文学研究者和文学爱好者的关注。中国作为一个拥有悠久文学传统的国家，其现当代文学作为传承与创新的结晶，承载着丰富的文化内涵和时代精神。本专著的编写旨在系统探究中国现当代文学的演变历程，深刻分析其内在特质，回应对这一领域的持续研究需求。

　　中国现当代文学的发展，是一个综合性和复杂性的课题。从民国时期的百花齐放，到中华人民共和国成立后的文学现实主义，再到改革开放以来的文学多元化，这一时期文学发展历程中有着许多显著的事件和创新。通过对这一历程的深入研究，我们可以更好地理解中国现当代文学的内在逻辑和外部影响。

　　本专著不仅致力于为读者呈现中国现当代文学的全貌，还将深入挖掘文学作品背后的内涵，探讨其对社会、文化和历史的重要影响。我们希望通过这个研究，帮助读者更好地欣赏和理解中国现当代文学，同时为研究者提供一个全面的研究视角。

　　由于笔者水平有限，本书难免存在不妥甚至谬误之处，敬请广大学界同人与读者朋友批评指正。

目　录

第一章　中国现当代文学概述

第一节　文学流派与代表作品

中国现当代文学中涌现出多个文学流派，每个流派都代表不同的文学风格和思潮。以下是一些代表性的文学流派和相应的代表作品。

一、现实主义文学

现实主义文学是中国现当代文学中一股重要的文学流派，其核心特点是强调真实性和社会写照。这一文学流派将注意力聚焦在人们的生存状态、社会问题以及日常生活的方方面面。在中国现当代文学中，许多作家以现实主义的笔触，深刻地反映了中国社会的变革和个体命运的起伏。

韩寒是中国现当代文坛上备受瞩目的作家之一，他的小说《三重门》展现了现实主义文学的典型特征。这部小说以主人公陈世美的生活经历为主线，生动地描绘了中国农村社会的变迁。作品中的角色形象具有鲜明的个性，情节丰富多彩，充满生活的细节，使读者能够深刻地理解中国农村社会的现实情况。通过作品中的人物与故事，韩寒将农村社会的复杂性和人际关系的曲折性呈现得淋漓尽致。

《三重门》这一作品涵盖了农村社会的多个方面，包括家庭、亲情、爱情、友情、权力斗争等。通过主人公陈世美的眼睛，读者得以深入了解中国农村的变迁。小说中的情节反映了现实社会中的普遍问题，如土地改革、农村发展、村庄建设等，以及人们的生计困境、道德伦理挑战等。这些主题都是现实主义文学的核心内容。

韩寒的写作风格充满幽默和讽刺，以及对人性和社会现象的深刻观察。这种幽默和讽刺的元素使小说充满生活的情感和色彩，同时也让读者在阅读中思考更深层次的社会问题。通过小说，韩寒呈现了中国农村社会中的各种人物类型，从普通农民到村委干部，每个角色都有其独特的性格和命运。这使小说更加真实和具有广泛的社会共鸣。

二、后现代文学

后现代文学是中国现当代文学中的一支独具特色的文学流派，其兴起和发展反映了中国社会和文化的多元性和复杂性。后现代文学与传统文学不同，强调实验性、创新性以及对传统叙事结构的解构。在这个文学流派中，著名作家莫言的小说《红高粱家族》和王安忆的《我的中国日记》被认为是典型代表。

莫言是中国现当代文坛上备受瞩目的作家之一，他的作品常常被归类为后现代文学。他的小说《红高粱家族》充分展现了后现代文学的核心特征。这部小说通过多层叙述者的视角，呈现了中国社会和历史的复杂性。作品中的多维叙事结构允许读者深入了解故事中的不同角色，以及他们在动荡的历史时期中的生存状态和困境。

小说的背景设置在中国大革命和解放初期，通过描写红高粱家族的故事，莫言深刻地反映了中国社会和历史。小说中的角色形象多种多样，每个人物都有自己独特的生活经历和命运。这种多维度的叙事方式使作品充满了人性的复杂性，使读者能够更全面地理解人类生存的多样性。

莫言的写作风格也强调实验性和创新性。他巧妙地运用了不同的叙事技巧，包括回溯、跳跃叙事、梦境插叙等，以创造一种文本的多层性。这种实验性的写作方式引导读者思考不同时间和空间之间的联系，以及历史和现实之间的关系。作品中还融入了民间传说、神话故事和文化元素，进一步丰富了作品的内涵。

王安忆的《我的中国日记》也是后现代文学的杰出代表之一。这部散文作品以日记的形式记录了作者在中国和美国两国之间的生活和思考。作品中强调了文本的开放性，鼓励读者积极参与和解释。王安忆通过书写个人的体验和感受，探讨了文化差异、身份认同、自由与约束等议题。她将个体经历与大时代相互交织，为读者呈现了一个多元和复杂的文化景观。

后现代文学强调文本的多重性和开放性，它不仅挑战传统叙事结构，还鼓励读者主动参与到文本的构建和解释中。这种文学流派强调了文本与读者之间的互动，提供了更多的思考空间，使作品更富有层次感。后现代文学不仅是文学创作的一种风格，也是一种思维方式，它鼓励人们超越表面，深入思考复杂的社会和文化问题。

三、女性文学

女性文学在中国现当代文学中扮演着重要的角色，它通过女性作家的独特视角和文学创作，来探讨女性问题和性别议题。这一文学流派的作品强调了女性的独立性、自我认同以及在社会和家庭中的角色和挑战。通过女性主人公的视角，女性文学作品深入挖掘了女性的内心世界和情感体验，为读者呈现了丰富多彩的女性生活。

蔡崇达的小说《抽象女人》堪称女性文学的杰出代表之一。这部小说通过描述女主人公王璐的成长和人生经历，深刻地反映了女性在现代社会中所面临的压力、挑战和探寻自我认同的旅程。王璐是一位出生在中国农村的女性，她的一生经历了家庭、婚姻、事业等多个层面的挫折和突破。小说通过王璐的视角，呈现了女性在不同生活阶段的成长和变化，强调了女性在自我探寻和发展过程中的独立性和坚韧。作品中通过抽象的叙事手法，将女性的内心世界和情感体验表现得深刻而抽象，让读者感同身受，思考女性在社会中的地位和角色。

王禾的小说《穆桂英挂帅》则从历史传说中汲取灵感，以女性主人公穆桂英为核心，重新演绎了这个传统故事。穆桂英是中国古代文学中的传奇女性，她以英勇和智慧在男性主导的军事领域崭露头角。王禾的小说将传统故事注入现代元素，通过现代女性的视角重新解读这一传统英雄形象。作品强调了女性的坚韧和勇气，反映了女性在历史和社会中的潜力和价值。

女性文学的兴起和发展为社会带来了深刻的思考。它挑战了传统对女性的刻板印象和性别角色，强调了女性的独立性和自我价值。女性文学的作品深入探讨了性别平等、婚姻家庭、事业和自我认同等议题，激发了社会对女性问题的更多讨论和反思。通过文学作品，女性作家为女性发声，为女性争取平等权益，同时也丰富了文学创作的多元性，让文学更加生动和多彩。在当代社会中，女性文学仍然持续推动着性别平等和社会进步的进程。

四、都市文学

都市文学在中国现当代文学中占据重要地位，它以城市为背景，关注城市生活的方方面面，以及城市居民的情感和生存状态。这一文学流派的作品旨在深入探讨城市生活的多样性和复杂性，反映了城市作为现代社会核心的独特魅力和挑战。

严歌苓的小说《小姨多鹤》堪称都市文学的杰出代表之一。这部小说以北京为背景，通过讲述一名大学生小姨多鹤的故事，勾画了中国大都市中普通人的生存状态和情感纠葛。作品中通过小姨多鹤的视角，展现了一个年轻女性在城市中的职业发展、家庭关系和爱情选择等方面的挣扎。小说以幽默、幽怨的笔调，将都市生活的压力、梦想和现实交织在一起，让读者感同身受。通过对北京城市风貌的描写，小说也传达出城市作为现代文明的象征，以及城市人在快速发展的环境中面临的挑战。

小说《大江大河》则以上海为背景，通过一家人的故事，展现了中国城市发展的历史变迁。小说通过多代人物的生活经历，勾画了上海这座城市从 20 世纪五六十年代到 21 世纪的演变。作品中反映了城市工业化、经济改革和社会变革带来的生活变化。小说强调了城市作为社会发展引擎的重要性，以及城市人在变革中的适应和奋斗。通过家庭故事的情感表达，小说描绘了城市居民的喜怒哀乐，使读者更好地理解城市生活的多样性和历史底蕴。

都市文学通过城市为背景，以真实的生活故事和人物为切入点，深刻反映了城市生活的多元性和变化。作家以城市为舞台，让读者更好地理解了现代都市的复杂性、城市人的生活状态和情感体验。都市文学不仅反映了城市的现实和挑战，也强调了城市的魅力和潜力。作品中城市风貌的描写，以及城市居民的故事，使读者对城市有了更深入的了解，进一步反映了中国社会的多元性和变革。

第二节　主题与思潮

中国现当代文学的主题和思潮广泛多样，反映了社会和文化的变迁。以下是一些主要的主题和思潮。

一、社会批判

中国现当代文学中的社会批判主题反映了作家对社会问题的深刻洞察和担忧，作品如余华的《活着》等，生动地呈现了社会底层人民的生存困境以及贫富差距的扩大。这一主题具有重要的社会意义，对中国社会的持续发展和进步提出了挑战和反思。

《活着》是余华的代表作之一，它以细腻而生动的叙事，描绘了主人公福贵在动荡的时代背景下的生活经历。小说中的福贵一家在面对贫困、饥饿、疾病和社会变革时，展现了中国农村底层人民的艰辛和顽强。这个故事是对社会不公平和贫富差距的深刻揭示，引发了读者对社会公平和正义的深刻反思。小说以其真实感和强烈的情感触动，成为中国文学的杰出之作，也引起了广泛的社会关注。

中国社会的快速现代化和城市化进程，导致了贫富差距的急剧扩大，这在文学作品中得到了生动的呈现。作家们通过文学，为底层人民的生活挣扎发声，唤起了社会对贫富差距问题的关注。这些作品不仅反映了社会问题，还鼓励了人们思考如何建立更加公平和包容的社会体系，以实现社会正义。

作家的社会批判作品在中国文学中具有重要地位，它们不仅是文学的表现形式，更是社会声音的代表。通过文学，作家们引发了对社会问题的讨论和反思，推动了社会变革和进步。这一主题的丰富性和多样性使中国现当代文学成为一个引人入胜的文化领域，充分展示了文学的力量和社会责任。

社会批判主题的多样性和深刻性使中国现当代文学具有广泛的吸引力，它不仅反映了中国社会的复杂性，还提供了深入了解社会问题的途径。通过文学作品，读者可以更好地理解和关注社会的变革和挑战，以及人们在这一过程中的生存与奋斗。作家以文学为媒介，呼吁社会正义和关爱弱势群体，这使中国现当代文学成为一种深刻的社会批判和人性关怀的表达。

二、历史与记忆

中国的现当代历史是一个丰富多彩的历程。这一时期的历史事件和人民的历史记忆成为中国现当代文学中的重要主题。作家以文学作品为媒介，试图理解过去，反映历史事件的影响，并从历史中汲取教训。莫言的《红高粱家族》就是一个典型的作品，它通过家族史诗的叙事，深刻反映了中国历史上的社会动荡和人民的生存状态。

《红高粱家族》是一部具有浓厚历史感的小说，它以家族为载体，将中国社会和历史的变迁娓娓道来。小说背景设置在 20 世纪初的中国，主要讲述了一户名叫红高粱的农村家庭的命运。这个家庭经历了中国历史上多次的战争和社会变革。小说通过家族成员的视角，展现了他们在历史巨变面前的坚韧和抗争。作品以其生动的人物刻画和丰富的历史背景，深刻反映了中国历史上的社会动荡和人民的生存状态。

作家通过《红高粱家族》这一小说，试图探讨历史和历史记忆的复杂性。他们深刻描绘了中国现当代历史中的战乱、社会变革和人民的生存状态。这些历史事件对中国社会和人民产生了深远的影响，而文学作品则承载了这些历史的记忆和故事。作家试图通过文学来理解历史事件的影响，以及人民在历史巨变中的生活和挣扎。

历史与记忆是中国现当代文学中的一个重要主题，它反映了作家对过去的关切和探讨。通过文学作品，读者可以更好地理解中国现当代历史的复杂性和多样性。这一主题呼应了历史的教训，鼓励人们从历史中汲取智慧，推动社会的发展和进步。

中国现当代文学中的历史与记忆主题不仅是文学的表现形式，更是对历史事件和人民经历的尊重和回顾。通过文学，作家将历史事件和人民的故事传递给读者，使他们更好地理解过去，认识当下，展望未来。这一主题的丰富性和深刻性使中国现当代文学成为一个引人入胜的文化领域，充分展示了文学的力量和社会责任。

三、个体与自我

现代中国社会的快速发展和变革对个体产生了深远的影响，这一主题在中国现当代文学中得到了广泛的反映。作家通过文学作品来探讨个体的成长、人际关系和自我认同，以展现现代社会中的个体生活和挣扎。其中，王小波的小说《黄金时代》就是一个引人入胜的例子。

《黄金时代》是一部以幽默和讽刺的笔调，描述了主人公陈平在城市中的职业发展和爱情关系的小说。陈平是一位年轻的女性，她在小说中以第一人称的方式叙述了自己的生活经历和情感体验。这部小说充满了幽默和反讽，通过主人公的视角，展现了她在现代城市中的职业挣扎和爱情冒险。陈平作为一个普通的城市女性，她的经历和情感与众多读者产生了共鸣。作家通过《黄金时代》这一小说，强调了在现代社会中，个体的选择和自由意志的重要性。陈平在小说中面对职业、家庭和情感的抉择，她试图追求自己的幸福和自由，同时也面对社会和道德的压力。作品通过讽刺和幽默的手法，反映了现代社会中的人际关系和社会伦理的复杂性。陈平的故事代表了众多现代都市女性的经历，她们在社会中寻找自己的位置和自我认同，反映了现代城市生活的多样性和变化。

个体与自我是中国现当代文学中的一个重要主题，它强调了个体在社会中的独立性和自由意志。作家通过文学作品，尤其是以第一人称叙事的方式，展现了个体的内心世界和情感体验，使读者更好地理解个体在快速发展的社会中的生活和挣扎。这一主题不仅关注了个体的成长和发展，还反映了现代社会中的人际关系和社会伦理的变化。通过文学，作家呈现了多种多样的个体经历，展示了现代社会的多元性和复杂性。

中国现当代文学中的个体与自我主题不仅反映了个体的生活和情感，还深刻反映了社会和文化的变迁。作家通过文学作品，呈现了个体在不同历史和社会背景下的生活经历和自我探索，以展现现代社会中的多样性和挑战。这一主题使文学成为一个窗口，让读者更好地理解个体的内心世界和现代社会的复杂性。

四、乡愁与乡村

尽管中国的城市化进程迅猛，但在现当代中国文学中，乡愁和乡村主题仍然扮演着重要的角色。这些作品反映了作家对故乡和乡村生活的情感依恋，以及城市化进程对农村社会和文化传统的影响。

常有小说通过乡村家庭的故事，深刻地反映了农村生活的变迁和家庭关系的复杂性。作品中，通过细腻的叙述和生动的人物塑造，呈现了一个普通农村家庭的生活，这个家庭的故事充满温情和戏剧性。小说通过描述家庭成员之间的关系、家庭内部的争执和团结，反映了中国农村社会的现实和复杂性。作家强调了乡村在中国社会中的独特地位。尽管城市化进程带来了现代化和发展，但乡村仍然承载着丰富的文化传统和人文价值。这一主题在中国文学中是如此重要，因为它反映了作家对故乡的情感依恋，以及对农村社会的深刻理解，以细腻的叙事和生动的人物形象，成功地捕捉到了这种情感依恋。

乡愁和乡村主题还提醒读者城市化进程对农村社会和文化传统的影响。随着城市化的推进，农村地区面临着人口外流、文化传统流失等问题。作家通过文学作品呼吁对农村地区的关注，并试图保留和传承乡村文化。这一主题使文学成为一个重要的工具，用以反映现代社会的变化和挑战。

乡愁和乡村主题在中国现当代文学中占据着重要的位置。这些作品通过反映作家对故乡的情感依恋，以及城市化进程对农村社会的影响，使读者更好地理解了中国社会的多样性和复杂性。这一主题不仅反映了乡村地区的现实问题，也呼吁社会对农村地区的关注和保护。通过文学，作家成功地捕捉到了乡村生活的美丽和挣扎，使这一主题在中国文学中闪耀着独特的光彩。

五、文学与媒体

随着新媒体和互联网的普及，文学领域正在经历一场数字化革命。这个时代为作家和读者提供了全新的文学体验，同时也开辟了一条全新的文学创作和传播途径。在中国现当代文学中，文学与媒体的融合已经成为一种不可忽视的趋势。

一种重要的文学形式，就是微小说。微小说是一种非常短小的小说，通常只有几百字。这种形式要求作家在极其有限的篇幅内传达一个故事或情感，这对于文字的精炼和表达能力提出了更高的要求。微小说的传播主要依赖于互联网和社交媒体平台，读者可以通过手机、平板电脑等设备随时随地阅读和分享这些微小说。这种文学形式在快节奏的生活中受到了欢迎，因为读者可以在碎片化的时间里欣赏完整的故事。

网络小说是另一种在中国文学领域崭露头角的新兴形式。这些小说通常是由互联网作家在网络平台上连载发布的，它们涵盖了各种题材，包括言情小说、玄幻小说、历史小说等。读者可以通过免费或付费的方式获得这些小说，而且作家和读者之间常常有互动，包括读者的评论和作家的回应。一些网络小说还会被改编成影视作品，进一步扩大了它们的影响力。网络小说的崛起使更多的人能够参与文学创作，也为作家提供了更广泛的受众。

除了微小说和网络小说，新媒体还为文学创作提供了更多的可能性。一些作家通过博客、社交媒体平台或专门的文学应用程序来发布他们的作品。这种方式使作家可以与读者更加亲近，建立更直接的联系。读者可以通过评论、点赞等方式与作家互动，这种互动在传统文学中是不容易实现的。作家还可以根据读者的反馈进行修改和改进，这有助于提高作品的质量和吸引力。

新媒体和互联网的崛起为中国现当代文学注入了新的活力。它为作家提供了更多的创作自由和表达空间，同时也为读者提供了更多的文学选择和享受方式。在这个数字化时代，文学不再局限于传统的纸质书籍，而是变得更加多样化和便捷化。这一趋势势必会继续塑造中国文学的未来，使文学走进更多人的生活。

第三节　作家群体与影响力

中国现当代文学的作家群体，在文坛上形成了多元化和富有活力的景象。这个群体汇聚了各种文学风格、主题和表达方式，反映了中国社会和文化的多样性。一些作家已经在国际文坛上崭露头角，他们的作品被广泛翻译成多种语言，为中国文学赢得了国际声誉。

一、莫言

莫言是中国现当代文学的杰出代表之一，他以其深刻的文学创作而在国际文坛上崭露头角。作为首位获得诺贝尔文学奖的中国作家，莫言的文学成就令人瞩目，他的作品不仅在中国国内备受喜爱，还被翻译成多种语言，深刻地触及了人类生存的重要议题，如战争、政治运动和人性的复杂性。

莫言的代表作之一是《红高粱家族》。这部小说以中国大地为背景，通过对一个家族的叙述，深刻反映了中国历史上的社会动荡和人民生存的复杂状态。小说讲述了一个庞大家族的故事，跨越了中国近百年的历史，小说中的角色生动而多维，深刻地反映了中国社会的多样性和历史的曲折。莫言以其深刻的历史洞察力和细腻的叙事技巧，为读者呈现了一个生动的中国历史画卷。

《蛙》是莫言的另一部备受关注的小说。这部小说通过讲述一个农村医生的故事，深刻反映了政治运动对人民生活的冲击。小说中的医生主人公为了挽救村民的生命，不得不与政治斗争和意识形态的冲突作斗争。莫言通过小说探讨了政治运动对个体生活和道德观念的影响，引发了读者对人性、伦理和历史的深刻思考。这部小说使莫言在国际文坛上赢得了广泛的关注，也为其获得诺贝尔文学奖做出了重要贡献。

莫言的作品引发了广泛的讨论和反思。他的文学创作不仅反映了中国社会和历史的多样性，还触及了人类生存的深刻议题。他通过作品探讨了战争、政治运动、家庭关系、人性等主题，引导读者思考人类文明的困境和可能的出路。莫言的作品具有深刻的人文关怀，他以文学的力量呼吁社会的正义和人道主义。他的文学成就使他成为当代文学中的巨星，也为中国文学的国际传播作出了杰出的贡献。

莫言的成功不仅在于他深刻的文学创作，还在于他的文学责任感。他关心社会问题，积极参与社会公益活动，倡导文学为人民服务。他的文学创作常常受到社会和政治背景的启发，他试图通过文学来反映社会的问题和人民的生存状态。这种文学责任感使他的作品更加有深度和广度，引发了广泛的社会关注和讨论。

莫言的作品也体现了文学的人文关怀。他通过文学来触及人类内心的复杂性和情感的深度。他的小说角色充满了生命力，他通过对个体命运的叙述，引发了读者对人性、伦理和道德的思考。他的文学作品常常以温情和关怀为特征，使读者更深入地理解人类生活的各个方面。

在国际文坛上，莫言的作品也具有重要影响力。他的小说被翻译成多种语言，被广泛传播和讨论。他的文学成就为中国文学在国际上树立了崭新的形象，也促使更多人了解中国的历史和社会。他的获奖也是对中国文学传统的肯定，为中国文学在世界文学舞台上赢得了一席之地。

莫言是中国现当代文学的一位杰出代表，他的文学作品深刻地反映了中国社会和历史的多样性，触及了人类生存的重要议题，具有广泛的影响力。他通过文学来反映社会问题、倡导人道主义，使文学成为改变世界的力量。他的成功不仅使他本人成为文学界的巨星，也为中国文学在国际上树立了新的形象，促进了文学的传播和交流。

二、余华

余华，作为中国现当代文学的杰出代表之一，以其深刻的文学作品而备受瞩目。他的小说《活着》被广泛誉为中国现当代文学的杰作，因其深刻而感人的叙事，以及对社会底层人民生存困境的生动描绘而备受赞誉。余华的作品深刻地触及了人们内心的共鸣，引发了广泛的讨论和反思。

《活着》是余华的代表作之一，也是他最为著名的作品之一。这部小说通过一个农村底层人民的故事，深刻地反映了中国历史上的社会动荡和人民的生存状态。小说的主人公福贵，一生经历了无数的苦难和困境，但他始终坚韧不拔，努力生存下去。小说以其感人的叙事和深刻的人物塑造，展现了人性的坚韧和生命的力量。

这部小说引发了广泛的讨论和反思。它不仅反映了社会底层人民的艰辛生活，还触及了人性、家庭、社会等多层面的议题。小说通过福贵的遭遇，探讨了生存与尊严、家庭与社会、人性与苦难之间的关系。余华通过小说引导读者深刻思考，反思人类生存的意义以及社会中的不公正和不平等。

余华的文学创作常常具有人道主义关怀。他关注社会底层人民的生存状态，试图通过文学来反映他们的声音和挣扎。他的作品中常常充满了对生活的深刻洞察，以及对人类生命的尊重。这种人道主义关怀使他的作品备受读者喜爱，也赢得了文学界的尊敬。

余华的作品不仅在中国国内备受喜爱，还在国际上广受欢迎。他的小说被翻译成多种语言，传播到全球各地。他通过文学架起了不同文化之间的桥梁，为国际文学交流和理解作出了重要贡献。他的文学影响力不仅在于其文学创作的深度，还在于他通过作品呼吁社会的关怀和改变，将文学视为倡导人道主义的媒介。

三、路遥

路遥是中国当代文学史上备受瞩目的作家，他的代表作《平凡的世界》堪称中国当代文学的杰作之一。这部小说通过对一个农村家庭的叙事，深刻地反映了中国农村改革开放时期的社会变革和人民生活的变迁。路遥的作品具有深刻的社会洞察力，引导读者思考人类生存的复杂性，因此备受国内外读者的欢迎。

《平凡的世界》的故事背景设定在改革开放初期的中国农村，主要叙述了农村青年冯世平的成长经历和家庭生活。小说以其深入细腻的叙事，描绘了冯家兄弟姐妹的奋斗历程，以及中国农村社会的巨大变革。这个家庭所经历的喜怒哀乐，体现了中国农村人民在改革开放浪潮中的坚韧和拼搏，也反映了人性在时代变革中的矛盾和考验。

路遥的文学创作注重细节，他通过对角色性格的刻画和生活场景的描写，使小说更具真实感。小说中的人物形象栩栩如生，读者能够深刻地感受到他们的内心世界和情感起伏。这种文学创作风格不仅让作品更具吸引力，也使其更具教育和启发性。

《平凡的世界》还深刻反映了中国农村社会的变革和发展。小说中描述了中国农村的土地改革、合作社运动、家庭变革等历史事件，呈现了中国农村社会的复杂性和多样性。作品通过家庭的微观视角，反映了宏大历史背景下的个体命运，使读者更好地理解中国社会的巨变和人民生活的多样性。

这部小说不仅在中国国内备受喜爱，还在国际文坛上广受欢迎。它被翻译成多种语言，使全球读者能够了解中国的社会变革和人民生活。作为中国文学的重要代表作之一，它也在国际上为中国文学赢得了尊重和认可。

路遥的作品《平凡的世界》是中国当代文学的巅峰之作，通过对农村家庭的叙事，反映了中国农村改革开放时期的社会变革和人民生活的变迁。作品深刻的社会洞察力和人性关怀，使其备受国内外读者的喜爱。路遥的文学创作成就为中国文学增添了瑰丽的一笔，也为文学世界的多元化做出了宝贵的贡献。

四、韩寒

韩寒，作为中国当代文学的独特代表，以其独特的文学风格和犀利的观察力，深受广大读者喜爱。他的作品不仅在国内引起轰动，也在国际文坛上崭露头角。韩寒的文学作品不仅仅是文字的表达，更是一种青年一代对社会和个体问题的独立思考和探索。

韩寒的作品充满了青春气息，他以年轻人的视角，探讨了社会和个体的矛盾与挣扎。《三重门》是他的代表作之一，通过主人公的成长经历，深刻反映了中国城市青年的生活状态和心态。作品中的角色形象鲜活生动，他们的遭遇和选择引发了读者的共鸣。韩寒的文字幽默而直接，贴近人心，使作品更加具有感染力和吸引力。

在《他的国》中，韩寒更是以敏锐的观察力和独特的见解，探讨了社会问题和人性的复杂性。他用深入浅出的语言，剖析了社会现象背后的深层次问题，引发了读者对社会现实的思考。作品中不仅有对社会问题的犀利批判，还有对人性的深刻洞察，使作品更具厚重感和思考深度。

韩寒的作品不仅在文学上取得了成功，在文学评论和社会影响方面也表现出色。他的作品引发了广泛的社会讨论，被认为是当代中国社会现象的有力记录。他的作品被译成多种语言，在国际上也取得了良好的口碑，为中国文学的走向世界搭建了桥梁。

韩寒是中国当代文学的杰出代表，他以独立、锐利的思考和深入人心的文字，将社会现实与个体命运巧妙结合，使他的作品具有广泛的吸引力和深远的影响力。他的文学才华和社会洞察力使他成为当代文学界的耀眼之星，也为读者带来了独特的阅读体验。

中国现当代文学中，除了知名的作家，还涌现出许多年轻而有活力的文学新秀。这些年轻作家在文学创作中崭露头角，注入了新的思想和表现方式，为中国文学的未来带来了无限的可能性。韩松以其深刻的社会观察和独特的叙事风格而备受瞩目。他的小说《人生》讲述了现代都市人生活中的迷茫和困惑，以及对生命的探寻。韩松通过作品中的角色刻画和情节安排，引发了读者对当代社会和人生意义的深刻反思。周国平以其散文作品而闻名，他的作品如《人生的智慧》深入探讨了人生的哲学和价值。他用简洁而深刻的语言，探讨了人生的方方面面，从爱情到人生哲学，以及人际关系和社会伦理。周国平的散文作品触及了读者内心最深处的共鸣。郑渊洁是中国著名的儿童文学作家，以其童话作品而备受欢迎。他的系列作品，如《皮皮鲁和梦幻岛》，以活泼有趣的文字和富有创意的情节，吸引了无数年轻读者。郑渊洁通过童话故事，传递正能量和积极价值观，为儿童文学的发展作出了杰出贡献。

文学评论家和学者在文学界的作用同样不可忽视。他们通过深入的文学评论和研究，揭示作品背后的文化和社会内涵，为文学的深化提供了重要参考。一些知名的文学评论家，如董桥和杨洁，以其独到的见解和精彩的评论，深刻地解读了文学作品的意义和价值。他们的评论不仅为读者提供了更深入的理解，也为作家提供了宝贵的反馈，促进了文学的发展。

总之，中国现当代文学不仅有众多杰出的知名作家，还有新生代的年轻文学创作者，以及具有深度思考的文学评论家和学者。他们共同推动了中国文学的繁荣和多元发展，为文学界注入了活力和智慧。这个多元而充满活力的文学群体有望在未来继续书写中国文学的辉煌篇章。

第四节 文学奖项与批评

中国现当代文学领域设立了多个重要的文学奖项，这些奖项起到了鼓励、表彰和推动文学创作的作用，同时也成为评价文学作品质量和影响力的标志。以下是一些中国现当代文学领域的重要文学奖项。

一、茅盾文学奖

茅盾文学奖，作为中国文学界的最高奖项之一，具有深远的历史背景和重要的文化价值。这一奖项以茅盾的名字命名，旨在表彰在文学领域做出卓越贡献的作家，激励他们不断创作高水平的文学作品。

茅盾文学奖的设立与茅盾本人的文学成就和影响力密切相关。茅盾（原名沈雁冰）是 20 世纪中国文学史上的重要作家之一，他以其出色的文学才华和坚持文学真实性的态度而闻名。他的代表作品包括《子夜》等，这些作品反映了中国社会和人民的生活，具有深刻的社会洞察力。茅盾对文学创作的追求和对社会问题的关注为中国现代文学的发展树立了榜样。茅盾文学奖的设立初衷是为了纪念这位杰出的作家，并继承他的文学精神。该奖项的设立标志着中国文学界对杰出文学成就的高度认可，也表达了对文学创作的激励和鼓励。通过颁发茅盾文学奖，中国文学界向作家传递了一项重要信息，即文学的力量和社会的需要。

茅盾文学奖的奖励范围非常广泛，包括小说、散文、戏剧、诗歌、儿童文学等多个文学领域。这种多元化有助于展现中国现当代文学的广度和深度。获得茅盾文学奖的作品往往具有高度的文学价值和社会影响力，它们反映了中国社会的多样性和复杂性，引发了读者对文学的深刻思考和讨论。

获得茅盾文学奖的作家通常在文学创作中表现出卓越的才华和对社会问题的

敏锐观察。他们的作品常常引领文学潮流，为中国文学界注入新的活力。此外，茅盾文学奖的国际影响力也日益增强，获奖作品被翻译成多种语言，使中国文学更多地走向国际舞台，加强了不同文化间的交流和理解。茅盾文学奖代表着中国现当代文学的最高荣誉，是对杰出文学作品和作家的褒奖，同时也是中国文学的一面旗帜，激励着新一代作家不断追求文学的卓越与深度。这一奖项在中国文学史上留下了浓墨重彩的一笔，为文学的繁荣与传承贡献了重要力量。

二、鲁迅文学奖

鲁迅文学奖，以杰出文学家鲁迅的名字命名，是中国文学界的重要奖项之一。这一奖项的设立旨在表彰在文学创作中取得杰出成就的作家，并鼓励文学创新和思想深度。鲁迅文学奖的历史背景和文化意义都值得深入探讨。

鲁迅，原名周树人，是20世纪中国文学史上的一位巨匠，也是现代文学的奠基人之一。他的文学作品包括小说、散文、诗歌和翻译等，为中国文学的现代化做出了杰出贡献。鲁迅的作品以其对社会现实的深刻观察和思想深度而著称，他通过文学探讨了社会问题、道德伦理和文化传统，引领了中国文学的发展方向。

鲁迅文学奖的设立是为了纪念和传承鲁迅的文学精神。这一奖项的历史可以追溯到1985年，当时是为了纪念鲁迅诞辰100周年而设立的。鲁迅文学奖的设立背后有着深刻的文化使命，即传承和弘扬鲁迅的文学遗产，激励现代作家继续进行高水平的文学创作，反映社会和人民的生活，同时在文学作品中表达深刻的思想。

鲁迅文学奖的颁奖范围非常广泛，包括小说、散文、诗歌、戏剧、翻译等多个文学领域。这种多元化有助于展示中国现当代文学的多样性和复杂性，反映社会的多重层面。获奖作品往往表现出文学的高度创新和深度探讨，它们引领着中国文学的发展，激发了文学创作者的灵感和创造力。

获得鲁迅文学奖的作家通常是在文学创作中表现出杰出的文学才华和对社会问题的深刻思考。他们的作品常常引领文学的潮流，为中国文学界注入新的活力。此外，鲁迅文学奖的国际影响力也逐渐增强，获奖作品被翻译成多种语言，使中国文学更多地走向国际舞台，促进不同文化之间的交流和理解。

鲁迅文学奖代表了中国文学的高度认可和赞誉，是对杰出文学成就和作家的褒奖，同时也是中国文学的一面旗帜，激励着新一代作家不断追求文学的卓越与深度。这一奖项在中国文学史上具有重要地位，为文学的繁荣与传承贡献了重要力量。

三、冯唐文学奖

冯唐文学奖，这个相对较新的文学奖项，是中国现当代文学领域中备受关注的奖项之一。它的设立标志着中国文学领域对于多元文学创作的认可和促进，尤其是在现代诗歌和散文领域。这个奖项以现代诗人冯唐的名字命名，冯唐自己就是一位备受瞩目的文学家，以其深刻的诗歌和散文作品而闻名。

冯唐文学奖的设立背后，有着多重文化和文学使命。首先，这个奖项旨在表彰和奖励现代文学创作中的卓越成就，特别是那些在诗歌和散文领域有杰出贡献的作家。这种表彰不仅鼓励了文学创作者的创新和深度思考，也有助于推动文学的多元化和发展。冯唐文学奖的设立激发了文学创作者的灵感，鼓励他们在文学创作中追求卓越与深度。

其次，冯唐文学奖的颁发范围广泛，涵盖了诗歌和散文等多个文学领域。这种多元化有助于展示中国现当代文学的多样性和复杂性，反映社会的多重层面。获奖作品通常表现出文学的高度创新和深度思考，它们引领着中国文学的发展，为文学创作者提供了展示才华的平台。

此外，冯唐文学奖也注重国际影响力。获奖作品往往被翻译成多种语言，使中国文学更多地走向国际舞台，促进了不同文化之间的交流和理解。这有助于推动中国文学的国际传播，让更多的人了解和欣赏中国现代文学的精华。

冯唐文学奖代表了中国文学领域的一项重要奖项，促进了现代文学创作中的卓越成就，特别是在诗歌和散文领域。它不仅传承了冯唐这位杰出文学家的文学精神，也为现代文学的繁荣与传承贡献了重要力量。这个奖项将继续在中国文学界发挥重要作用，为文学的多元发展开辟更广阔的道路。

四、华语文学传媒大奖

华语文学传媒大奖是中国现当代文学领域内备受瞩目的奖项之一，其特点是强调跨媒体的创作和表现方式。这个奖项的设立标志着文学与传媒的融合，旨在鼓励文学作品与不同传媒形式的结合，包括电影、音乐、视觉艺术等，以创造更多元的文学体验。

首先，华语文学传媒大奖的设立反映了文学与传媒的密切关系。在当代社会，文学已不再局限于传统的纸质书籍，它与电影、音乐、视觉艺术等多种传媒形式相互渗透。文学作品可以通过不同传媒呈现出更为丰富和多样的表现形式，这有助于吸引更广泛的受众，特别是年轻一代。

其次，这个奖项的设立鼓励文学作家和创作者们在文学创作中融入跨媒体元素。这意味着文学创作者需要思考如何将自己的文学作品转化为电影、音乐、视觉艺术等其他传媒形式，以呈现更具创意和表现力的作品。这也促进了文学与传媒领域的合作与交流，为文学带来了更多的创新和可能性。

另外，华语文学传媒大奖为跨媒体创作提供了更多的资金和资源支持。这有助于文学作家和创作者更好地实现他们的创意，将文学作品转化为其他传媒形式。这也鼓励了文学与传媒行业之间的合作，为中国现当代文学的创新和发展提供了更多机会。

最重要的是，获得华语文学传媒大奖的作品通常具有较高的艺术价值和表现力。这些作品能够打破传媒界限，实现文学与传媒的有机结合，触及更多观众的内心，引发共鸣。这也有助于将中国现当代文学的精华带到更广泛的国内外观众中，促进文学与传媒的交流。

总的来说，华语文学传媒大奖代表了中国现当代文学领域对于文学与传媒融合的认可和推动。这个奖项激励了文学作家和创作者在文学创作中探索不同的传媒表现方式，促进了文学的多元发展与传承。随着文学与传媒的更深度融合，我们可以期待更多精彩的文学作品涌现，为文学界带来更多创新与活力。

这是一个针对华语文学的跨媒体奖项，包括小说、诗歌、戏剧、散文等多种文学形式。它鼓励文学作品与不同传媒形式的结合，如电影、音乐和视觉艺术。

在中国现当代文学中，文学批评家和学者的作用不可忽视，他们在文学评论和研究领域发挥着重要作用。文学批评的存在丰富了文学领域，为文学作品的深入理解和探讨提供了坚实的理论基础。下面更详细地探讨文学批评在中国现当代文学中的角色和重要性。

首先，文学批评有助于揭示文学作品的深层含义。文学作品往往包含着多重层面的意义，包括文化、社会和历史等。文学批评家和学者通过深入分析和解读文学作品，帮助读者更好地理解作品背后的复杂内涵。他们剖析作品中的象征、隐喻、主题等元素，揭示了作品所传达的思想和价值观。这有助于读者更全面地理解文学作品，深入思考作品所涉及的问题。

其次，文学批评促进了文学作品的讨论和反思。文学评论家的评论和研究往往引发了广泛的讨论，读者可以通过阅读评论来了解不同的观点和解读。这种多元的观点交流有助于拓宽文学作品的理解，使文学成为一个充满争议和讨论的领域。文学作品的不同解读也有助于引发读者的反思，激发他们对文学作品的兴趣。

再次，文学批评有助于推动文学的发展与深化。作家在文学创作中常常需要反馈和指导，而文学批评家提供了宝贵的反馈。他们的评论和评价可以帮助作家更好地理解自己的创作，发现不足之处，拓展自己的写作技巧。这种相互反馈有助于文学作品的不断改进和提高，促进文学的进步与繁荣。

最后，文学批评在中国现当代文学中起到了承上启下的作用。它承接了传统文学批评的成果，同时也启发了新的文学理论和方法。文学批评领域的不断探索和创新，为中国现当代文学的研究和传承提供了坚实的基础。文学评论家和学者的研究工作有助于挖掘文学作品的潜力，将文学作品传承给下一代。

总结而言，中国现当代文学中的文学批评家和学者在文学领域中发挥着不可替代的作用。他们通过深入的研究、评论和批评，有助于揭示文学作品的深层内涵，促进了文学作品的讨论与反思，推动了文学的发展与深化。文学批评在中国现当代文学中不仅为读者提供了更丰富的文学体验，还为作家提供了宝贵的反馈，为文学的传承与发展贡献了力量。

总的来说，中国现当代文学在不同的历史背景下，呈现出多元化的特点，包括多样的主题、风格和声音。作家、评论家和学者在中国文学的繁荣和传承中发挥着重要作用，同时中国现当代文学也在国际文坛上越来越受到关注和认可。这一丰富多彩的文学景观为读者带来了许多精彩的文学作品和思想的碰撞。

第二章　中国现当代文学的主题与风格

第一节　爱国与社会责任

在中国现当代文学中，爱国主题和社会责任经常是重要的关注点。作家通过文学作品表达他们对国家、社会和人民的情感，同时批评社会问题和不公正。

第二节　历史与记忆

一、爱国主题的表现方式

（一）英雄史诗和传记

中国现当代文学中的英雄史诗和传记是一个重要且引人瞩目的文学流派，这些作品以叙事手法呈现出杰出的爱国英雄形象，强调他们在国家建设和保卫中的杰出贡献，激发读者的爱国情感。这一文学流派反映了中国文学的伟大传统，同时也传承了中国的民族精神和文化认同。

1. 中国现当代英雄史诗和传记的特点

（1）突出杰出个体

这些作品聚焦于杰出的个体，如岳飞、焦裕禄等，他们在国家建设、社会改革或抵抗外敌入侵等方面作出卓越的贡献。通过这些英雄的生平事迹，作家传递了对他们的崇敬和尊重。

（2）史诗性叙事

这些作品常常采用史诗性的叙事方式，将英雄的一生呈现为史诗般的故事。这种叙事风格赋予了作品宏伟的氛围，强调了英雄的伟大。

（3）爱国情感

这些作品强调了英雄的爱国情感和民族责任感。英雄愿意为国家和人民的利益英勇斗争，这种精神感染了读者，激发了他们的爱国情感。

（4）社会影响

中国现当代英雄史诗和传记不仅在文学领域具有影响力，还在社会中产生广泛的影响。它们激发了人们对英雄的尊重和学习，促进了社会的进步和正义。

2.《岳飞传》

《岳飞传》是中国现当代文学中的一部杰出作品，叙述了南宋抗金名将岳飞的生平和英雄事迹。这部作品以史诗性的叙事方式展示了岳飞的爱国情感和对金朝侵略的抵抗。闻一多通过文学的手法使岳飞成为一个深具人格魅力的英雄形象。

3.《焦裕禄传》

《焦裕禄传》是中国现当代文学中的又一重要作品，叙述了中国著名的廉政官员焦裕禄的生平和工作。这部作品突出了焦裕禄的廉洁和奉献，他在贫困山区的工作中为民众谋福利。通过这一传记，作家强调了责任感和公共精神的重要性，激励了读者关注社会问题和廉政建设。

4.影响和启示

中国现当代英雄史诗和传记的创作不仅表现出对杰出个体的崇敬，还弘扬了中国的爱国主义精神和社会正义。这些作品通过文学方式传递正面价值观，强调责任感和奉献精神，为社会提供了伟大榜样。它们也对读者产生深远影响，激发了社会责任感，促使人们更加关注社会问题，努力为社会进步和国家建设贡献自己的力量。

总之，中国现当代英雄史诗和传记是文学中一种重要的文体，它们通过叙事和文学表达塑造杰出的个体形象，传递爱国情感和社会责任感。这些作品以英雄为榜样，激发了读者的爱国情感和社会责任感，为社会的进步和国家的繁荣贡献了重要的文化力量。

（二）家国情怀

文学一直被认为是人类情感和思想的表达工具，而家国情怀则是文学作品中的一种常见主题，通过家庭、亲情以及乡土情感，传达了对国家的深切情感。在不同国家和文化中，家国情怀的表达方式各异，但它们都共同反映了作家对国家的深厚感情和对国家兴衰荣辱的关切。

家国情怀是文学的灵魂，它通常涵盖了多个层面，包括对家庭的情感、对亲情的珍视、以及对乡土的眷恋。这种情感往往与国家情感相互关联，家国情怀的表达方式可能通过对个人经历、家庭生活和乡土土地的描述来反映对国家的感情。许多文学作品中都表现出了这种情感，其中有一些作品以巴金的小说《家》为代表，充分体现了家国情怀的重要性。

《家》是一部经典的中国小说，作者巴金通过小说中的主人公来反映中国社会和国家的动荡。虽然小说以家庭为中心，但它在家国情怀的背景下，传达了对国家的深切情感。主人公的家庭故事是中国整个社会变迁的一个缩影，通过这个家庭，读者可以感受到中国近代史上的政治和社会动荡。巴金通过这部小说成功地将家庭、亲情和国家的情感联系在一起，呈现出了家国情怀的丰富内涵。

类似的家国情怀也可以在其他文学作品中找到。例如，查尔斯·狄更斯的《拜金女士》通过对社会不公和贫穷的描写，反映了英国工业革命时期的社会问题，表达了对国家社会的担忧。狄更斯以家庭为载体，表现了主人公对家庭的爱和责任感，这种爱和责任感在面对社会不公时变得更加强烈。这种情感不仅体现在对家庭的珍视上，还延伸到对国家的社会问题的担忧上。

（三）历史叙事

中国的文学作品经常以历史事件为背景，通过历史叙事来弘扬爱国情感。这种叙事方式将读者带入历史的潮流，使他们能够更好地理解国家的兴衰、历史事件的影响以及爱国情感的源起。在中国文学中，历史叙事成为了一种重要的表达方式，以下将通过以贾平凹的小说《废都》为例来探讨这一主题。

贾平凹的小说《废都》以抗日战争为背景，讲述了中国国内长期抗战的时期。小说通过叙述一系列发生在一个偏远的废弃小镇上的故事，展示了人民在历史磨难中的坚韧和爱国情感。这部小说通过历史叙事，使读者能够更好地理解抗日战争时期的中国，以及那个特殊时期的人们所经历的艰辛和挣扎。

在《废都》中，历史背景是小说的重要元素之一。作品展现了抗日战争时期中国的社会动荡和战争带来的痛苦。通过历史叙事，贾平凹呈现了那个时代人民的坚韧和爱国情感。小说中的主人公尽管面临着艰苦的生活和战争的威胁，但他们坚守自己的废都，不愿被外部势力侵略，表现出了强烈的爱国情感。历史事件成为小说情感的背景，强化了主题，也让读者更加深入地感受到那个时代的压力和希望。

贾平凹的小说中，历史叙事不仅帮助读者理解特定时期的历史，还呈现了爱国情感的多重层面。通过对主人公们的情感和行动的描写，小说表达了对国家的深切热爱。这种爱国情感不仅表现为对国土的保卫，还表现为对家人、朋友和村庄的保护。这种坚韧和爱国情感是历史事件的回响，它激励人们在艰难的时刻保持坚定，为国家的兴盛而努力。

（四）文化传承

文学作品在弘扬爱国情感方面的另一个重要方面是文化传承。一些作家关注中国传统文化的传承和发展，以强调文化自信和国家认同。这种文化传承有助于塑造国家形象，引导读者对国家的尊重和热爱。王小波的小说《黄金时代》是一个典型的例子，它通过对文化传承的关注，强调了对中国文化的珍视。

在《黄金时代》中，王小波通过主人公陈清扬的视角，探讨了文化传承的重要性。陈清扬是一位知识渊博的文化人，她在小说中展示了对中国传统文化的深刻理解和热爱。小说表现了文化受到压抑和打压的时代，但陈清扬却坚定地坚守对文化的珍视。她通过传授汉字、文学和传统价值观，传承了中国的文化遗产。通过这一角色，小说强调了文化传承的重要性，尤其是在动荡的时代。

文化传承是一种对国家传统和历史的尊重和珍视。它强调了文化的连续性，使人们能够更好地理解自己的文化和历史。在小说中，文化传承是一种情感表达，它不仅强调了对中国传统文化的珍视，还传达了对国家文化的自信。这种自信在全球范围内也很重要，因为它有助于建立国家的国际形象和影响力。

文学作品中的文化传承还有助于提升国家认同感。通过强调文化传承，作品让读者更好地理解国家的独特性和价值观。这种认同感有助于加强国家凝聚力，让人们更加团结和自信。

二、社会责任的表达

（一）社会不公的揭示

中国现当代文学作为一种社会文化表达方式，常常通过文学作品来揭示社会不公、不平等和腐败等问题。作家借助文学的力量，以真实的故事和深刻的笔触，刻画出社会底层人民的艰辛生活，反映出社会问题，如贫富差距、教育不平等。韩寒的小说《三重门》就是一个充分展现社会不公的例子。

《三重门》这部小说以城市底层社会为背景，通过主人公小云的视角，生动展示了城市中底层人民的艰辛生活和他们所面临的社会不公问题。小云是一个普通的女孩，她的生活充满了挣扎、艰辛和无奈。小云的父亲因疾病丧命，家庭生活困难，她辍学工作，艰难维持生计，同时被社会上各种不公平待遇所困扰。小云的故事反映了中国城市底层人民的真实处境，以及他们所遭受的社会不公。

这部小说通过对小云生活的真实描写，深刻反映了中国社会中的不平等现象。在小云的生活中，贫困、低工资和缺乏社会保障等问题都显而易见，这些问题构成了城市底层人民面临的社会不公的重要组成部分。作家韩寒通过小云的经历，向读者展示了这些问题对个体和社会的深远影响。

（二）社会改革的呼声

中国现当代文学在揭示社会问题的同时，也通过文学作品呼吁社会改革和追求公平正义。作家们利用文学的力量，通过作品中的角色和情节，提出社会问题并倡导改革，促进社会的进步。这种社会改革的呼声在中国文学中具有深远的影响，其中路遥的小说《平凡的世界》是一个突出的例子。

《平凡的世界》是一部以中国农村为背景的小说，它以生动的笔触和丰富的情感，呈现了农村社会的众多问题，如土地改革、农村改革、社会不公和贫富差距等。小说通过主人公兄弟俩的命运，展现了农村底层人民的生活，以及他们所面临的各种挑战和困难。路遥以小说的形式深刻地反映了中国农村社会的现实，也借此提出了社会改革的呼声。

小说中的土地改革是一个重要的主题，它反映了中国农村社会的历史进程。通过兄弟俩的亲身经历，作品展示了土地改革对农村人民生活的深远影响。这种情节强调了农村改革的紧迫性，以确保土地权益的公平和正义。

另一个重要主题是农村改革，作品中描绘了中国农村社会的变革和现代化进程。通过主人公兄弟俩的命运，作品探讨了农村社会的发展与变革，呼吁农村改革的重要性。这种呼声对中国社会的进步产生了积极影响。

小说还反映了社会不公问题，如贫富差距和社会阶层之间的不平等。主人公兄弟俩的家庭处境的不同，以及他们所经历的社会挑战，凸显了社会不公的存在。路遥通过小说的形式，呼吁社会关注和改变这种不公。

（三）个体与社会关系的探讨

中国现当代文学的一项重要任务是通过探讨个体与社会的关系，强调每个人对社会的责任。这些作品常常通过角色的奋斗和成长来传递社会责任感，激励读者思考个体在社会中的作用。刘慈欣的科幻小说《三体》便是一个突出的例子，它通过主人公的抉择和努力，反映了每个人在面对社会问题时的责任。

《三体》是一部以科幻为背景的小说，虽然设定在外太空，但它深刻地探讨了人类社会的种种问题，如文明发展、文明的选择和面对危机时的抉择。主人公王二的角色以及他在小说中的经历，折射出了每个个体在面对社会挑战时的责任感。

小说中，地球文明面临外星文明的入侵和毁灭。王二作为主人公，不仅是一个科学家，还是一个面对未知挑战的普通人。他的抉择和努力，包括与外星文明的接触和合作，以及面对世界末日的勇敢抗争，反映出每个个体在关键时刻承担的社会责任。王二的角色成长和奋斗过程，强调了每个人对社会的积极影响和改变的潜力。

通过《三体》这个科幻故事，刘慈欣呼吁每个人在面对未知和挑战时，应当承担起社会责任，积极行动，而不是袖手旁观。这种社会责任感不仅是小说的主题，也是一个深刻的反思，提醒读者每个人都有责任为社会的进步和正义贡献力量。

第三节　自然与环境

自然和环境主题在中国现当代文学中占有重要地位，作家以各种方式表达了对自然界的热爱、环境问题的担忧以及人与自然的关系。

一、自然景观的描绘

自然景观的描绘一直是中国现当代文学的一个突出特点，作家通过生动的文字和精彩的描写，帮助读者深刻地感受到中国大自然的多样性和美丽。

（一）多样性的中国自然景观

中国的自然景观的多样性是令人叹为观止的，这个庞大而多元的国家拥有着丰富的地貌和生态系统，从高山巍峨到广袤平原，从幽深丛林到壮观河流，每一个景观都呈现出独特的魅力，描绘了中国大地的多元文化和生态系统。

首先，中国的雪山景观尤其引人入胜。喜马拉雅山脉被誉为世界屋脊，横跨中国、尼泊尔、印度等国家，这里拥有让人叹为观止的高峰，如珠穆朗玛峰，被冠以世界之巅的美誉。这些雪山不仅是户外运动爱好者的胜地，也是文学作品的常见题材，作家通过描写雄伟壮观的雪山，传达了自然的力量和宏伟。

其次，云南的热带雨林代表了中国神秘的丛林景观。这些茂密的雨林被认为是地球上最古老的生态系统之一，拥有丰富的生物多样性，包括独特的植物和野生动物。文学作品中经常描绘热带雨林的奇异之处，探索大自然的神秘性和生命的多样性。

中国的江河系统也是自然景观的一个重要组成部分，其中最著名的包括长江和黄河。长江是中国最长的河流，其风景如画，沿岸有着丰富的历史文化遗产。黄河则是中国的母亲河，虽然水沙混浊，但被视为中华文明的摇篮，其泥沙滋养了中国大地。这些河流不仅是文学作品中的题材，还是中国人民生活的重要组成部分，反映了人与自然的深刻关系。

最后，内蒙古的大草原代表了广袤的草原景观。这片草原地广人稀，草原牧民的生活方式和文化传统在文学中经常得到描写。草原的广阔和空旷是许多作家喜欢的背景，因为它代表着自由和广袤，同时也反映了中国的农牧文化。

（二）文学作品的生动描写

文学作品的生动描写是中国现当代文学中的一项重要艺术财富，通过精湛的文学技巧，作家成功地将大自然的美丽和壮观呈现在读者面前，让人仿佛置身于自然景观之中。这种描写不仅能够激发读者的情感，还增强了作品的视觉和感官感受，使其成为文学作品中的一个重要元素。

作家运用丰富的形容词，用以描述自然景观的细节，使读者更好地理解景观的壮丽和美丽。例如，当谈论雪山时，他们可能使用形容词如"雪白如银""高耸入云""冰清玉洁"来描绘雪山的壮观景象。这些形容词不仅让读者看到了雪山的美丽，还传递了雪山的神秘和威严。

此外，比喻和隐喻也是文学作品中常见的修辞手法，用以将大自然的景象与情感、主题和人物的内心世界联系起来。比如，将山比作巍峨的守护者，将河比作时间的见证者，这些隐喻将自然景观赋予了人性特征，使读者更容易与之产生情感共鸣。

作家还善于运用动词和副词，以增强描写的生动感。通过生动的动作描写，读者能够感受到风吹草动、江水潺潺、鸟儿欢鸣等情景，使他们仿佛置身于文学作品中的自然景观之中。副词则加强了描写的细致程度，比如"缓缓流淌的小溪"和"翻滚的巨浪"，这些副词让景象更具有动感和鲜活性。

在中国现当代文学中，作家善于利用节奏和韵律，通过精心选择的词语和句式结构，为描写增加了韵味。这种韵味使描写更富有诗意，读起来更加令人陶醉。例如，在描写热带雨林时，作家可能使用流畅的长句，反映雨林的茂密和复杂，而描写内蒙古大草原时，可能使用简洁的短句，以呈现草原的广袤和空旷。

最重要的是，这些描写不仅仅是为了展示自然景观的美丽，还经常与作品的主题和情感相互交融。通过自然景观的描写，作家们传达了更深层的信息和情感，如人与自然的关系、生命的脆弱性、时间的流逝等。这使得文学作品不仅仅是一次视觉和感官的享受，还是对人类与自然关系的深刻思考。

（三）鲁迅的《呐喊》中的自然描写

鲁迅是中国文学史上杰出的文学家之一，他的作品在中国文学中具有重要地位。他的短篇小说集《呐喊》是一部代表作，其中的自然描写不仅生动而深刻，还与作品的主题和情感相互交融，给读者留下深刻的印象。

在《呐喊》中，鲁迅通过对自然景观的描写，巧妙地将环境融入了作品的情节和主题之中。特别是在《故乡》这个故事中，他以一个乡村故事为背景，描绘了乡村的田野、村庄和小桥。这些描写充满了生活的气息，读者仿佛可以嗅到田野的泥土和感受到村庄的宁静。

在故事的开头，鲁迅以农田为背景，描写了农民们辛勤的劳作，这不仅展现了农村生活的勤劳和朴实，还反映了中国社会的基层生活。这种描写与作品中的主题，即对农村社会的关注和对农民生活的尊重，相互呼应，加强了作品的社会性。

此外，鲁迅的描写还包括了对季节变化的敏锐观察，比如他在小说中写道："农忙完，就是冬天了；北风起，把头发梳起来，裹在脑后，裹紧衣服，有时候雪也落下了，有些夜晚，地上全是白的。"这种描写传达了季节更替和生活的变迁，也与人物的命运和情感相互联系，使读者更加深入地理解了作品的内涵。

在鲁迅的作品中，自然景观不仅仅是背景，还是与人物情感和命运相互交融的重要元素。例如，在《故乡》中，冬季的雪景不仅是一种自然现象，还与主人公的心情和情感变化相呼应。这种情感与自然的交融使作品更具深度和情感厚度。

（四）四大自然的魅力

自然景观在文学中的魅力不仅仅是其壮丽和美丽，更在于其深刻的象征意义。这些景观代表了生命的循环、时间的流逝以及人类在大自然面前的渺小。作家经常通过自然景观来反映主题，如人类与自然的互动、人性的脆弱性以及生命的无常性。以下是中国现当代文学中四大自然的魅力。

1. 山峰的壮丽和威严

山峰代表了高远和壮观，它们是人类探索和挑战的象征。文学中的山峰描写常常反映了人类的野心和冒险精神。同时，山峰也象征着人类的渺小，站在山脚下，人们常常感到自己微不足道。这种对比增强了山峰在文学中的象征意义，使其成为对生命和挑战的隐喻。

2. 江河的流动和见证

江河象征着时间的流逝和生命的变迁。它们流淌不息，见证了历史的发展和人类的兴衰。文学作品中的江河常常与人物的命运相联系，传达了时间的不可逆转和生命的短暂性。江河也象征着人类的依赖，为农业、文化和经济提供了重要的资源。

3. 森林的神秘和多样性

森林代表了神秘和未知。它们是自然中的迷宫，充满了生物的多样性。文学中的森林常常是冒险和发现的场所，也是探索人类内心的象征。森林的密林和树木被赋予了神秘和生命力，使作品更富有幻想和想象力。

4. 草原的广袤和自由

草原代表了广袤和自由，它们是人类放飞梦想和渴望的地方。文学作品中的草原常常是自由的象征，也是农牧文化的背景。草原上奔跑的牛羊和牧民的生活方式成为文学作品中的常见元素，传达了与自然和野外生活的联系。

这些自然景观不仅是文学中的背景，还是对人类生活和情感的象征。它们反映了人与自然的关系、生命的无常性以及时间的流逝。作家通过这些景观，传达了对生活和世界的深刻思考，使文学作品更富有哲理和情感厚度。这种对自然的象征性描写不仅赋予了文学作品更多层次的意义，也启发读者对生命和自然的深刻思考。

（五）文学作品的教育作用

文学作品在描写自然景观时不仅具有艺术价值，还具有重要的教育作用。通过文学作品的生动描写，读者不仅令人陶醉于自然之美，还能够获取有关中国的地理和生态多样性的知识。此外，文学作品还有助于激发读者对环境保护和生态平衡的兴趣，推动人们更好地保护这些宝贵的自然资源。

文学作品可以成为地理和生态教育的有趣载体。作家通过对各种自然景观的生动描写，为读者呈现了不同地理区域的景观特点。例如，通过描写雪山、森林、江河和草原，读者可以了解中国各地的地貌和生态系统的多样性。这对于学生和一般读者来说，是一种生动的地理启发，能够帮助他们更好地理解中国的地理多样性。

文学作品也可以激发读者对环境保护的关注。通过作家对自然景观的描写，读者能够感受到自然界的美丽和宝贵，从而引发对环境保护的兴趣。当读者通过文学了解到生态系统的脆弱性以及环境污染对自然景观的破坏时，他们可能更愿意采取行动，参与环境保护和可持续发展的努力。

文学作品还有助于增加人们对生态平衡的理解。通过自然景观的描写，读者可以了解到不同生物群落之间的相互依存关系以及人类与自然的互动。这有助于强调生态平衡的重要性，以及人类的行为如何影响生态系统的稳定。这种教育作用有助于推动人们更加关心生态平衡和采取可持续的行动，以维护自然界的和谐。

文学作品可以加深人们对自然界的敬畏和感恩之情。通过作家对自然景观的赞美和尊重，读者能够认识到自然界的伟大和美丽。这种感恩之情有助于引导人们更加珍惜自然资源，不滥用和浪费，以及采取措施保护和恢复自然环境。

通过这些方式，中国现当代文学中的自然景观描写不仅丰富了文学作品的艺术价值，还增强了读者对中国大自然之美和多样性的认识。这些描写有助于将文学与地理、文化和环境教育联系在一起，使文学作为一种媒介，传达更多关于中国自然和文化的信息。

二、生态问题的关注

中国现当代文学作品在反映生态问题方面起到了重要作用。这些问题包括空气污染、水资源短缺、野生动植物保护等，作家通过文学作品提醒人们关于这些问题的紧迫性，深刻地探讨了城市化和环境破坏对生态平衡的影响。

（一）反映生态问题

中国现当代文学作品在反映和探讨生态问题方面呈现出多样而深刻的内容。这些文学作品不仅提供了有关环境、自然资源和生态平衡的见解，还通过各种文学手法引起了读者的关注和反思。中国的快速工业化和城市化进程在一定程度上导致了生态问题的爆发。其中，空气污染是一个严重的问题。在中国的许多城市，大气污染已经严重影响了居民的健康。一些现当代文学作品通过描写城市中灰蒙蒙的天空、肮脏的河流和无法呼吸的空气，向读者传达了空气污染对人们生活的影响。这种生动的描写引起了读者对空气质量的担忧，也鼓励了社会对减少污染的行动。

另一个重要的生态问题是水资源短缺。中国许多地区面临着水资源不足的问题，这对农业、工业和人类生活都构成了威胁。文学作品通过描写枯竭的河流、干涸的湖泊和水源污染，让读者深刻了解了水资源问题的紧迫性。一些小说中的人物被迫面对水资源的稀缺，这种情节使读者对这一问题产生更深刻的共鸣。

野生动植物保护也是中国生态问题的一部分。许多文学作品通过描写野生动植物的生存环境和保护措施，强调了人类活动对自然生态系统的破坏。这种描写引起了读者对野生动植物的珍惜和保护的关注，也激发了对野生动植物保护工作的支持。

在中国现当代文学中，作家通过文学作品的生动描写和深刻反思，提醒人们生态问题的紧迫性。他们以文学为媒介，向读者传递有关环境和生态平衡的信息，同时激发了读者的情感共鸣。通过文学，读者能够更好地理解这些问题的根本原因，以及人类行为如何影响自然界。

（二）提醒人们的紧迫性

文学作品作为一种有力的表达方式，可以深刻地唤起人们对生态问题的关注和警觉。通过生动的描写和人物的经历，作家成功地将这些问题置于读者的视野中，使他们更加关心和认识到这些问题的紧迫性。

1. 情感共鸣

文学作品通常通过人物角色的经历和情感来让读者感同身受。当主人公或角色受到生态问题的影响时，读者可以与他们建立情感联系，感受到他们的痛苦和挣扎。这种情感共鸣可以引发读者内心的共鸣，使他们更加关心生态问题的严重性。例如，如果小说中描述了一个家庭因空气污染而患病的故事，读者可能会深刻体会到空气质量对健康的影响，从而更加重视减少污染的紧迫性。

2. 引发思考和对话

文学作品常常激发读者的思考和对话。通过描述生态问题的复杂性和影响，作家可以启发读者思考如何解决这些问题。文学作品可以引发社会和政治层面的讨论，激发对环境政策的反思，促使政府和社会采取措施来应对生态挑战。这种对话有助于加强人们对生态问题的认识和重视。

3. 启发行动

一些文学作品还通过描写主人公或角色采取积极行动来解决生态问题，激发了读者的行动意愿。读者可以受到文学作品中角色的鼓舞，积极参与环保活动，推动社会和个人的可持续实践。这种行动意愿的激发有助于人们更加积极地参与解决生态问题的努力，减缓问题的紧迫性。

4. 展示后果

文学作品还常常通过描写生态问题的后果，如自然灾害、生活质量下降和健康问题，使读者能够看到如果不解决这些问题会发生什么。这种描写可以向读者展示生态问题的紧迫性，鼓励他们采取行动，以避免不必要的损失和破坏。通过文学，读者能够更好地理解生态问题的潜在威胁。

三、人与自然的互动

文学作品常常通过人与自然之间的互动，展现了依赖、冲突和和谐的关系。这些作品描写了农村生活、渔村文化以及自然对人类日常生活的影响，反映了人们在自然环境中的努力生活和相互依存。

在中国文学中，自然环境在许多作品中被描绘为人类的生活背景。农村生活经常被描述为与季节、气候和农作物的循环有关。文学作品可以表现农民在自然环境中的劳动和生活，以及他们对自然的依赖。这些描写反映了农村社区与自然界的密切联系，以及人们如何依赖自然来维持生计。渔村文化也是中国文学中常见的主题。作家描写渔民的生活，包括捕鱼、修船和海上生活。这些作品通常突出了渔村社区与海洋和海洋生态系统之间的互动。同时，它们还反映了渔村文化中的传统价值观和生活方式，以及人们如何与自然界和海洋相互依存。

四、自然的象征和隐喻

在文学作品中，自然元素常常被用作象征和隐喻，以传达更深层的主题和情感。作家利用自然中的季节、动植物等元素，将它们与人物的命运和情感联系在一起，增强作品的寓意和情感深度。余华的小说《活着》便是一个典型的例子，其中自然中的冰雪与主人公的命运紧密交织。

（一）季节和气候

在文学作品中，季节和气候常常被巧妙地运用，以反映人物的内心状态和情感，这种象征性的使用丰富了作品的深度和情感层次。季节和气候不仅是自然的表征，还承载了更深层的寓意和主题，尤其在《活着》这样的文学作品中，其作用尤为显著。

季节的变化在文学作品中通常用来表达人物的内心起伏和情感变化。以春天为例，它通常被视为新生和希望的象征。当作家描述春天的到来时，读者会感受到一种新的开始和活力的氛围。在小说中，春天的到来可能意味着主人公的生命出现了好转，或者他找到了新的希望和机会。

相反，冬天通常被用来象征困难和绝望。冰雪覆盖的寒冷季节常常与主人公的苦难联系在一起。在《活着》中，冰雪的寒冷和冰冷的环境可以被视为主人公的困境和苦难。主人公在饥荒中度过了艰难的岁月，这种环境强化了他的内心挣扎和坚韧。冰雪的寒冷不仅是自然现象，也反映了主人公的内心世界，增加了作品的情感深度。

气候条件也可以用来隐喻人物的情感状态。例如，暴风雨可能象征着情感的激烈和冲突。当文学作品中出现一场狂风大作的暴风雨时，这通常与人物的情感高潮或内心冲突相关联。暴风雨可能带来混乱和破坏，这可以反映出人物的内心纷乱和情感动荡。

在《活着》中，冰雪和严寒的气候条件成为主人公的生活环境，与他的命运紧密交织。这种自然环境的严苛反映了主人公的艰辛生活，也隐喻着社会的残酷和无情。冰雪所代表的冷酷和无情，与主人公的遭遇形成鲜明对比，强化了他的内心挣扎和坚韧。

通过季节和气候的象征性使用，文学作品不仅呈现出自然界的美丽和力量，还传达了人类生活的种种挑战和情感体验。这种创作方式丰富了读者对文本的理解，使他们更深入地沉浸在作品的世界中，同时也激发了对生活和命运的深刻思考。这样的文学创作体现了智能制造行业的可持续发展理念，强调人与自然的和谐共存，减少对环境的负面影响。

（二）动植物

在文学作品中，动植物常常被用来隐喻人物的特征、命运和情感，以增加作品的象征性和深度。作家通过选择特定的动植物，将它们与人物紧密联系在一起，传达更深层次的主题和情感。

动植物的象征性使用在文学中是一种常见的修辞手法。动植物通常具有特定的特征和象征意义，这使它们成为表达人物性格、命运和情感的有力工具。例如，一只孤独的狼通常被视为坚韧和孤独的象征，而一只温顺的羊可能代表柔弱和顺从。

在《活着》中，动植物的象征性使用可以帮助读者更深刻地理解主人公的命运和情感。主人公经历了巨大的苦难和挣扎，他的命运充满了坎坷和挫折。通过与动植物的联系，如与孤独的狼或枯萎的植物，传达了主人公的孤独和坚韧。这些动植物不仅是自然的一部分，也是主人公内心世界的象征，增加了作品的情感深度。

总的来说，动植物在文学作品中经常被用作象征和隐喻，以传达更深层的主题和情感。它们与人物的联系丰富了作品的含义，使读者更深入地理解人物的性格、命运和情感。这种象征性的创作方式强调了文学的多层次性和复杂性，同时也启发了对人与自然之间的关系和人生意义的深刻思考。

（三）自然景观

自然景观在文学中常被用作象征，它们代表着人物的内心世界、生命的起伏，或者反映了人生的无常。山脉、河流、海洋等自然元素可以与人物的命运和情感相互交融，为作品赋予更深层的意义。

1. 山脉和高地

山脉通常被视为壮丽和具有挑战性的象征。登山、攀登山峰常常被用来象征克服困难、追求目标的过程。山脉的高度和险峻也可以反映主人公的挑战和努力。在小说中，山脉可能代表主人公所面临的难题，他需要克服这些困难才能实现目标。

2. 河流和江河

河流通常被视为生命的象征，它们象征着时间的流逝和生命的循环。河流可以反映人物的生命经历，它们从出生、成长到死亡的过程。在小说中，河流的流动可能代表主人公的生命旅程，以及他所经历的变化和挑战。

3. 海洋

海洋通常被看作是无尽的象征，它们代表了未知和冒险的世界。海洋的深度和广阔性可以反映人物内心的复杂和无限可能性。在文学作品中，海洋经常被用来象征人物的探索精神和追求。

通过自然景观的象征性使用，文学作品传达了人与自然的相互关系，以及人生的曲折和无常。这种创作方式强调了人类与自然的互动，以及人们在自然环境中的挣扎和努力。它也激发了对生命、命运和自然力量的深刻思考。这种创作方式体现了智能制造行业的可持续发展理念，强调人与自然的和谐共存，减少对环境的负面影响。

（四）天气和自然现象

天气和自然现象在文学作品中常常被运用为象征，以传达人物内心状态、情感和故事情节的发展。它们代表着生命的变化、情感的高潮和内心的冲突，为作品赋予更深层的情感和象征性。

1. 暴风雨

暴风雨是一种常见的天气现象，它经常被用来象征人物内心的冲突或情感的高潮。一场狂风大作的暴风雨可以反映人物的内心的混乱和困惑。在小说中，暴风雨可能是故事的转折点，它引发了人物关系的紧张和情节的发展。

2. 日出和日落

日出通常被视为新的开始和希望的象征，而日落则代表了结束和别离。这些自然现象经常用来标志着故事的进展和人物的成长。在文学中，日出和日落可以象征人物的生命旅程，以及他们所经历的变化和发展。

3. 雷雨和闪电

雷雨和闪电通常与紧张和冲突相关联。它们可以被用来强调故事中的紧急情境和紧张氛围。在小说中，雷雨和闪电可能象征人物内心的矛盾和情感的高潮。

4. 阴天和阳光

天空的状态也常被用作象征。阴天通常代表沮丧和困难，而阳光则象征着快乐和希望。在文学作品中，天空的变化可以反映人物的情感状态和故事情节的发展。

在文学中，这些天气和自然现象的象征使用有助于传达更深层的主题和情感。它们增加了作品的情感深度，使读者更深入地理解人物的内心世界和故事的发展。通过天气和自然现象的象征性运用，作家能够创造更丰富和复杂的作品，激发读者对人类情感和命运的深刻思考。

在《活着》中，有一些天气和自然现象的象征使用，以强调主人公的生活困境和内心挣扎。例如，暴风雨可能代表主人公的内心冲突和痛苦，或者阳光可能象征着他所渴望的希望和新生。这些天气和自然现象在小说中可能起到突出主题和情感的作用，使读者更加深刻地理解主人公的命运和生活经历。

通过这些象征性的运用，文学作品传达了人与自然之间的紧密联系，以及人类在自然界中的挣扎和成长。这种创作方式体现了智能制造行业的可持续发展理念，强调人与自然的和谐共存，减少对环境的负面影响。它也鼓励读者更加关注人类情感和命运的复杂性，以及自然力量对我们生活的影响。

五、自然主题与中国文化传统的关系

中国现当代文学作品中融合了丰富的中国传统文化中的自然元素，如诗词、山水画以及古代哲学中的自然观，包括道家、儒家和佛家思想。这种融合为文学作品赋予了深刻的文化内涵，同时也反映了作家对自然的崇敬和敬畏。

（一）自然元素如诗词和山水画

自然元素如诗和山水画在中国传统文化中扮演着重要的角色，它们一直以来都是表现自然之美、抒发人情感的重要方式。这些元素的融入现代文学作品丰富了文学的内涵，同时也传递了对传统文化的尊重和珍视。

1. 古诗词的韵味

中国古代的诗词充满着与自然相关的意象和表达方式。从唐代的山水诗到宋代的田园词，古代文人以丰富的词汇和意境描述了大自然的美丽和变化。现代文学作家经常引用古代诗句，将其融入小说、诗歌和散文中，以丰富作品的语言和情感。这不仅为文学作品增添了文化深度，还让读者感受到传统文学的韵味和情感。

2. 山水画的意境

中国山水画是一种传统绘画形式，它强调山川河流的景观和自然环境的表现。山水画通过细致入微的绘画技巧和富有表现力的笔触，传递了自然之美和人与自然的和谐。现代文学作家经常通过文学描写来呈现类似的意境。他们可以描述壮丽的山脉、宁静的湖泊，或者广袤的田野，以营造出山水画般的美丽。这种融合让文学作品充满了视觉和情感的冲击，让读者仿佛置身于山水画中。

3. 传统文化的尊重和珍视

将传统文化元素融入现代文学作品也表达了对中国传统文化的尊重和珍视。这种融合不仅让读者感受到传统文化的珍贵，还传递了对历史和文化传承的关切。现代文学作家通过将古代诗词和山水画的元素融入作品，保留了文化传统的延续性，为中国文学的多样性和深度增添了新的维度。

（二）汪曾祺的散文作品

汪曾祺是中国现代文学中备受尊敬的散文作家，他的作品深刻反映了中国文化传统中对自然的崇敬和敬畏。他的散文作品常常以南方的自然景观、传统村庄和农村生活为背景，通过深刻的观察和生动的叙述，向读者展现了对自然的深切感受和对传统文化的热爱。汪曾祺的作品为中国现当代文学中的自然与文化主题注入了独特的灵魂。

1. 南方自然景观的描写

汪曾祺的散文作品中，南方的自然景观常常是主要的叙述背景。他以精湛的描写技巧，生动地呈现了南方的峰峦叠嶂、溪流湖泊、茂密的热带植被，以及丰富多彩的动植物世界。这些描写不仅让读者感受到南方自然之美，也反映了汪曾祺对自然的深切热爱和敬畏。

2. 传统村庄和农村生活

汪曾祺的作品中经常描写传统村庄和农村生活。他通过叙述村庄的建筑、村民的生活方式、庙会、农事活动等，传递了对传统文化的珍视。这些描写反映了汪曾祺对中国传统文化的深刻理解，以及对传统生活方式的尊重。

3. 深刻的观察和情感

汪曾祺的散文作品以其深刻的观察和情感而著称。他关注细微之处，捕捉自然和人类生活中的瞬间，用文字将这些瞬间凝固成永恒。他的作品不仅展现了对自然之美的独特视角，还表现了对人性、人际关系和生命的思考。

4. 自然与文化的融合

汪曾祺的作品将自然与文化融合得深入人心。他强调自然和文化的交汇，呈现了中国传统文化中对自然的敬畏和对自然元素的融合。这种融合不仅为他的作品增添了深厚的文化内涵，还向读者传递了对自然与文化传承的关切。

汪曾祺的作品反映了对自然和传统文化的重要性。他通过作品，强调了人与自然的紧密联系，以及对传统文化的传承和珍视。

通过融合中国传统文化元素和哲学观点，现当代文学作品反映了作家们对自然的热爱、敬畏以及对环境问题的关切。这种融合不仅丰富了文学作品的文化内涵，还有助于传达对自然界的深刻理解和对人类与自然关系的反思。这种创作方式强调了文学作品的多重层次性，也呼吁人们更好地保护自然环境，实现可持续发展。

第四节　实验性与后现代性

中国现当代文学中的实验性和后现代性文学作品具有独特的风格，它们不仅挑战传统文学形式，还通过新颖的叙事技巧和语言实验来表达复杂的思想和情感。这些作品在文学创新方面发挥了重要作用，同时也反映了作者对社会、自我和文化的独特观点。

一、实验性文学

（一）非线性叙事

实验性文学作品常常摆脱了传统的线性叙事结构，采用非线性的叙事方式。这意味着故事情节可能不按照时间顺序展开，读者需要更多的主动参与，理解人物和事件之间的关系。这种叙事方式可以引发读者对故事的更深入思考，增加文学作品的复杂性。

（二）碎片化的结构

实验性文学作品常常采用碎片化的结构，将故事分割成片段或段落。这种结构使作品更富有节奏感，同时也使作者能够以不同的角度探索主题和情感。读者需要将这些碎片重新组合，以理解整个故事的内涵。

（三）多重叙述

实验性文学作品可能包含多个叙述者或叙述角度。这种多重叙述可以为读者提供不同的观点和体验，帮助他们更全面地理解故事和人物。多重叙述也常常用来探讨主题如主观性和相对性等哲学问题。

（四）创新的语言实验

实验性文学作品常常通过语言实验来吸引读者的注意。这包括创造性的用词、语法和修辞手法。作者可能故意打破语法规则，创造新的语言形式，以传达独特的情感和思想。

（五）挑战传统

实验性文学作品挑战了传统文学的规范和期望，引领读者进入未知的文学领域。它们可能让人感到困惑和好奇，但也有助于拓宽文学的边界，促使读者思考文学的本质和目的。

二、后现代性文学

（一）分析和解构现实

后现代性文学作品的一个显著特点是它们试图深入分析和解构现实世界，揭示其中的复杂性和多义性。这种努力在很大程度上反映了后现代主义的核心思想，即拒绝简单的二元对立，强调事物的多样性、相对性和不确定性。在中国现当代文学中，这种解构现实的趋势在很多作品中得到了体现，不仅推动了文学的发展，也为读者提供了更深层次的思考和认识。

后现代性文学作品通过独特的叙述技巧，例如非线性结构、碎片化叙述和多重视角，试图展现世界的真实面貌。它们不再追求简单的线性故事发展，而是通过错综复杂的情节和角色关系，呈现出一个更加真实、更加多元的世界。这样的叙事手法使得作品更具挑战性，需要读者更深入地参与，去理解、拼凑故事的碎片，最终形成自己对于故事的理解。

在这些作品中，常常存在着现实的多义性。同一个事件、同一个角色在不同的叙述中可能呈现出截然不同的面貌。这种多义性不仅仅是作者的创作手法，更是对于现实世界多样性的呈现。例如，在讨论社会问题时，不同人的立场、角度、经历都可能导致对同一个问题产生截然相反的看法。后现代性文学试图捕捉并表达这种多义性，使作品更加贴近现实。

此外，后现代性文学作品也常常反映出现代社会的断裂感和焦虑感。在传统的社会结构逐渐瓦解、全球化与本土文化的碰撞、科技发展带来的身份认同危机等因素影响下，人们的生活变得更加复杂、多元、不确定。后现代性文学作品试图通过混沌、矛盾、不确定的叙事，表现出当代人内心的困扰和迷茫。这种表现引发了读者的共鸣，使他们更深刻地思考自身在这个复杂世界中的位置和角色。

（二）不确定性和多义性

后现代性文学作品强调不确定性和多义性，通过采用模糊的语言、模糊的情节和模棱两可的叙述方式来挑战传统的明晰和确定性。这种文学风格的主要目的是引发读者的思考和探索，使他们更深入地思考作品中的主题、角色和情感。

不确定性在后现代性文学中经常以多种方式表现。首先，它可以体现在情节的安排上。传统文学往往采用线性的情节发展，故事有着明确的开头、中间和结尾。然而，后现代性文学可能会打破这一传统，采用非线性结构或碎片化叙述，导致读者不清楚故事的时间线和发展方向。这种情节的不确定性激发了读者的好奇心，使他们更深入地思考故事的可能含义。

不确定性也可以体现在语言和表达方式上。后现代性文学可能使用模糊的、隐喻性的语言，让读者在解释句子的真实含义时感到困惑。这种语言上的不确定性有助于引发读者的独立思考，使他们深入探索文本中的象征和隐喻。

多义性是后现代性文学的另一个关键特点。作品中的角色、事件和情感通常会以多种方式解释和理解。同一个事件可能具有多个可能的解释，同一个角色可能呈现出不同的特点。这种多义性激发了读者的主动参与，使他们成为文本的共同创作者，为作品赋予多样的解释和理解。

不确定性和多义性的存在使后现代性文学作品成为开放的文本，需要读者更深入地参与和思考，以理解和解释其中的意义。这种互动性使后现代性文学作品更加引人入胜，也使读者更深刻地思考文学作品与现实世界之间的关系。通过挑战传统的明晰和确定性，后现代性文学作品为文学界带来了新的可能性，激发了更深层次的文学探讨。

（三）虚构性和超现实

后现代性文学作品常常引入虚构性和超现实元素，以创造具有幻想和异想天开特点的叙事世界。这些元素有助于反映作者对现实世界的批判、幻想和对不同现实层面的探索。

一种常见的虚构元素是超现实主义，这种文学风格追求在现实世界的基础上构建出一种更加奇幻和不受传统规则限制的叙事。超现实主义作品可能包含不可思议的情节、超自然的事件和荒诞的场景，这些元素通常旨在颠覆传统的现实概念，引导读者进入作者的幻想世界。这些虚构元素的引入有时候可以用来讽刺、批判或探索现实世界中的不合理之处。它们也可以用来反映人类内心深处的欲望、恐惧和幻想，使读者更深入地思考人类心灵的复杂性。

虚构性和超现实元素还被用来探索不同的现实层面。后现代性文学常常强调多元现实的存在，认为现实不是固定不变的，而是由个体和社会的多种观点和经验构建而成。虚构性元素可以用来呈现不同现实的交织和碰撞，使读者对多元现实的存在有更深入的认识。通过超现实元素，作家可能揭示出社会的虚伪、伦理问题或权力结构的扭曲。这种表现方式有助于引发读者对现实世界的质疑和反思。

虚构性和超现实元素在后现代性文学中起到了突破传统、拓展想象力和反思现实的作用。它们提供了作者表达观点、探索主题和引发读者思考的新途径。通过引入虚构性和超现实元素，后现代性文学作品不仅娱乐读者，还启发他们深刻思考生活、社会和人类存在的各种可能性。这种文学创新丰富了文学的多样性，为文学界带来了更多的可能性和新的创作方向。

（四）多元的叙事视角

后现代性文学作品的特点之一是采用多元的叙事视角，通过不同角度的叙述来呈现故事。这种叙事方式有多重好处，既可以使读者更全面地了解人物和事件，也可以探讨一系列哲学问题，如主观性、相对性和现实性。

多元的叙事视角允许不同的叙述者或角色参与叙述故事，每个叙述者都带有自己的观点和经验。这种多样性有助于呈现故事的多维度，让读者更好地理解人物内心世界、动机和情感。读者可以通过不同叙述者的视角看到故事的不同侧面，从而得出更全面的结论。这也引发了关于主观性和相对性的哲学问题，即人类感知和理解现实的主观性，以及不同视角之间的相对性。这对于文学作品来说是一个重要的主题，可以激发读者的深思和讨论。

多元的叙事视角还有助于挑战传统的叙事结构，使文学作品更加生动和具有复杂性。它可以通过多个叙述者之间的对话和对比来创造戏剧性和冲突，激发读者的情感共鸣。同时，这种叙事方式也可以用来探讨现实性的问题，即什么是真实的、可信的叙述，以及不同叙述之间的互补和矛盾。

多元的叙事视角是后现代性文学作品的一个重要特征，它丰富了叙事的多样性，挑战了传统的叙事结构，引发了哲学和思辨性的思考。通过不同叙述者的角度，读者可以更深入地理解人类的主观性和相对性，同时也更深刻地探讨了现实性的问题。这种叙事方式的创新推动了文学的发展，使文学作品更富有深度和复杂性。

（五）跳跃的时间线

后现代性文学作品的特点之一是采用跳跃的时间线，也就是非线性叙事。这种叙事方式与传统线性叙事相比，更具挑战性和复杂性，因为它不按照故事事件的发生顺序来呈现故事，而是通过时间的跃迁和交错来构建叙事。这种方式有多重好处，也为读者提供了更多的思考空间。

跳跃的时间线使读者需要更多的主动参与，因为他们必须自行构建故事的时间线，理清事件之间的关系。这种叙事方式鼓励读者更深入地思考故事的结构和内涵，以理解人物的决策、情感和发展。读者不仅仅是被动接受故事，而是需要积极思考和解释故事中的时间线。这种叙事方式还可以增加阅读的复杂性和挑战性。读者必须保持警觉，以不失迷失在故事的时间跳跃中。他们需要注意细节、对比事件和角色之间的关系，以便全面理解故事。这种挑战性的阅读经验可以激发读者的智力和想象力，使阅读过程更加有趣和丰富。跳跃的时间线还可以用来探讨时间和记忆的主题。它可以呈现人类思维和记忆的复杂性，揭示时间不是线性的，而是交错和交织的。这有助于反思时间和记忆对人类生活和认知的影响，以及它们如何影响人物的决策和行为。

三、形式与内容的关系

（一）颠覆传统叙事方式

实验性和后现代性文学作品在颠覆传统叙事方式方面，展现了极大的创新和大胆性。这种颠覆不仅在形式上有所不同，还具有深刻的文学和哲学内涵，对文学创作和文学理论都产生了重大影响。

首先，这些作品打破了传统叙事的线性结构。传统的叙事通常遵循时间线性，按照事件的发生顺序呈现故事。然而，实验性和后现代性文学作品可能通过时间的跃迁、回溯或平行叙事来打破这一规则。这不仅增加了阅读的复杂性，也使读者需要更多的思考和解释来理解故事。

其次，这些作品采用碎片化的结构。碎片化的叙事将故事元素分散在不同的片段中，读者需要通过片段之间的联系来构建整个故事。这种碎片化的结构可以反映复杂的人类思维和记忆，强调了人类的主观性和相对性。读者需要更多的主动参与来理解碎片化的故事，这激发了他们的思考和探索。

再次，多重叙述是实验性和后现代性文学中常见的技巧。不同的叙述者或角色参与叙述故事，每个叙述者都带有自己的观点和经验。这种多元的叙事视角使读者可以看到故事的不同侧面，更深入地了解人物的内心世界和情感。这也引发了关于主观性和相对性的哲学问题，即人类感知和理解现实的主观性，以及不同视角之间的相对性。

最后，实验性和后现代性文学作品经常使用模糊的语言、模糊的情节和模棱两可的叙述方式。这增加了故事的不确定性和多义性，使读者在解释和理解故事时感到挑战和困惑。这种不确定性有助于引发读者的思考和探索，同时，也反映了现实世界的复杂性和多义性。

（二）强调文学语言的能力

实验性和后现代性文学作品强调了文学语言的能力，将语言视为表达情感和思想的工具，同时也是文学创作的核心。这种强调语言的能力具有多重层次，它们不仅通过创新的词汇、语法和修辞手法来实现，还涉及到对语言的深刻反思和解构。

首先，这些作品通过创新的语言技巧来丰富文学作品。作家可能会采用不寻常的词汇，创造新的词汇，或者重新解释传统的语言元素。这有助于营造独特的语言风格，使作品更加生动和引人入胜。读者需要在文本中探索语言的多重层次，以理解作者的意图和主题。这种创新激发了读者的好奇心，引导读者更深入地理解作品。

其次，实验性和后现代性文学作品也反思了语言的本质。它们挑战了语言的固有限制，提出了对语言的哲学问题。作家可能在作品中探讨语言的相对性、不确定性和多义性。这种反思使读者更加警觉，认识到语言是有局限性的，不可能完全准确地表达复杂的思想和情感。这引发了读者对语言哲学和语言学的深刻思考，推动了文学和语言研究的进一步探索。

最后，这些作品也通过语言的解构来探讨主题。语言的解构意味着打破传统的语言结构，拆解语言元素，以揭示语言中的权力关系和偏见。这种解构有助于理解语言如何影响思维和意识形态。它还提醒读者在理解文本时考虑语言的权力动态和文化差异。

（三）深层主题的探讨

第一，这些作品常常挑战传统对人性的看法。它们探讨人类的内在矛盾、欲望、道德困境和情感丰富性。通过多维的人物刻画和情感叙事，实验性和后现代性文学作品使人们对人性产生更深刻的思考。作家可能用复杂的叙述结构来探讨人类内心的纷繁情感，引发读者的共鸣和反思。

第二，这些作品常常关注社会问题和权力关系。通过对社会现象的描写和批判，探讨社会的不平等、不公正和权力滥用。实验性和后现代性文学作品可以采用多重叙述视角，以揭示社会问题的多维性。这有助于读者更全面地理解社会问题的复杂性，并激发对社会变革的思考。

第三，这些作品经常涉及身份问题。它们讨论了个体和群体身份的建构、重塑和模糊。通过对身份认同的探索，作家们探讨了文化、性别、性取向、种族和国家等身份元素的复杂性。这有助于读者更深入地理解自我认同和他者认同的挑战，以及身份与权力关系的交织。

第四，实验性和后现代性文学作品经常涉及对现实的本质的思考。挑战了现实的稳定性和客观性，强调了现实的多样性和主观性。通过跳跃的时间线、虚构元素和语言实验，这些作品提醒读者要怀疑现实的单一性，思考现实如何被构建和解释。这种思考有助于读者更加敏锐地观察和理解复杂的现实。

（四）引发读者的思考

实验性和后现代性文学作品的一个显著特点是引发读者的思考，鼓励读者积极参与文本的解读和理解。与传统文学作品不同，这些作品常常以非线性、碎片化的结构和多层次的语言表达方式呈现，这需要读者更多的主动参与，以解码和理解文本的复杂性。

首先，这些文学作品经常采用非线性叙事，跳跃式地呈现故事情节。这意味着读者需要自行构建故事的时间线，将碎片化的叙述组合成一个有机整体。这种互动性激发了读者的好奇心，要求他们积极思考叙事结构，尝试寻找故事中的联系和线索。这使阅读过程更具有挑战性和参与性，鼓励读者主动思考。

其次，实验性和后现代性文学作品常采用多重叙述的手法。这意味着不同的叙述者或视角可能交织在一起，呈现出不同的故事版本或观点。读者需要辨别和理解这些多重叙述之间的关系，以构建全面的理解。这种互动性要求读者不仅仅被动地接受叙述，还要积极参与分析和推测，以便更好地理解故事的复杂性。

再次，实验性和后现代性文学作品常常使用复杂的语言和象征。它们可能包含隐喻、比喻、引用和多义词汇，使文本具有多层次的意义。读者需要深入思考语言的选择和使用，以揭示深层的主题和情感。这种互动性要求读者不仅仅被动地阅读文本，还要主动探索语言的多重层次，寻找象征和隐含的意义。

最后，这些文学作品常常探讨深层的主题和哲学问题。它们可能挑战传统观念，引发读者对人性、社会问题和现实的本质进行深入思考。读者需要在阅读过程中提出问题、探索答案，并在不同的文本层面之间建立联系。这种互动性使阅读不再是被动地接受信息，而是积极思考和参与讨论的过程。

（五）拓宽文学的边界

实验性和后现代性文学作品打破了传统文学的叙事和结构规则，开辟了新的叙事方式和形式。采用非线性、碎片化、多重叙述等技巧，使作家能够更自由地探索和表达复杂的思想和情感。这种创新不仅激发了读者的好奇心，也为作家提供了更多的创作空间，使他们能够更灵活地构建故事和角色。因此，实验性和后现代性文学作品为文学的叙事风格和结构带来了新的可能性，拓宽了文学的边界。这些作品注重语言的创新和表达能力。它们可能采用不寻常的词汇、语法或修辞手法，以创造独特的语言风格，从而传达情感和思想。这种语言的创新激发了读者对文学语言的深入思考，同时也鼓励了作家寻求新的表达方式。实验性和后现代性文学作品强调了文学语言的灵活性和多样性，拓宽了文学的语言边界，为作家提供了更多的创作工具。这些作品常常探讨深刻的主题和哲学问题，挑战了传统观念。可能涉及人性、社会问题、权力、身份和现实的本质等复杂主题。这种深度的探讨引发了读者对当代社会和文化的深刻反思，同时也启发了作家思考更广泛的议题。实验性和后现代性文学作品推动了文学的主题拓展，为文学的内容创新拓宽了边界。这些作品有助于文学领域的跨学科交流和合作。由于它们常常涉及哲学、心理学、社会学等多个领域的议题，这促使文学与其他学科之间的交流更加密切。实验性和后现代性文学作品引发了跨领域的研究和讨论，促进了不同领域的学者和研究者之间的合作。这种跨学科的交流，有助于深化对文学作品的理解，同时也丰富了其他学科的研究。

四、文学创新的影响

（一）鼓励新的表达方式

实验性文学作品常常采用非线性叙事、碎片化的结构和多重叙述等技巧。这些非传统的叙事方式打破了传统文学中线性叙事的约束，使作家能够自由的构建故事。这鼓励了年轻作家尝试新的叙事结构，使他们更富创造性地呈现复杂的情节和情感。这种叙事方式的多样性为文学的创新开辟了更广阔的道路。

后现代性文学作品强调语言的创新和多样性。它们可能使用不寻常的词汇、语法或修辞手法，以创造独特的语言风格。这种语言的创新激发了年轻作家对文学语言的探索，促使他们尝试新的表达方式。作家们开始关注语言的多层次含义和表现能力，使文学语言更加生动和多样化。这种语言的多样性为文学创新注入了新的生命力。

实验性和后现代性文学作品经常涉及多媒体和跨学科的实验。它们可能融合文学与绘画、音乐、电影等艺术形式，创造出全新的文学体验。这种多媒体的实验激发了年轻作家尝试跨领域的合作，为文学注入更多元的元素。这种多媒体的实验为文学的跨领域创新提供了更广泛的机会。

实验性和后现代性文学作品推动了中国现当代文学的多元化发展。为文学的边界拓宽了更多的可能性，吸引了来自不同文化和背景的年轻作家参与文学创作。这种多元化的发展使中国现当代文学更加丰富和多样化，展现出更多新颖的文学声音和观点。

（二）探索新的主题和观点

实验性和后现代性文学作品挑战了传统文学对人性的刻板印象。它们通过复杂的人物塑造和情感描写，探讨了人性的多样性和复杂性。这些作品经常呈现出深层次的人物内心世界，使读者更容易产生情感共鸣，并对人性有更深刻的认识。

同时，一些作品也勇敢地挑战了社会对性别、性取向和身份认同的刻板印象，为这些话题提供了新的视角和思考。

实验性和后现代性文学作品敢于探索社会问题，反映当代社会的复杂性。这些作品可能关注贫富差距、城市化、社会不平等、文化冲突和环境等问题。它们通过生动的叙事和深刻的分析，引发读者对这些社会问题的关注和反思。作家们不再回避敏感话题，而是积极挑战社会现实，推动了对社会问题的讨论。

实验性和后现代性文学作品拓展了对权力和政治的探讨。它们可能以政治权力、历史事件或国际关系为背景，通过虚构或现实的方式探讨政治权力的运作、权谋和道德问题。这些作品对政治议题提出了深刻的质疑，使读者思考权力与道德的关系，为政治讨论提供了新的视角。

实验性和后现代性文学作品挑战了现实的本质和意义。它们可能通过超现实主义元素、时间线的跳跃和模糊的情节，引发读者对现实的不确定性和多义性的思考。这种挑战对现实的本质和意义产生了深刻的哲学思考，使文学作品不再局限于传统的现实主义，而是充满了哲学和元思考。

（三）反映社会和文化的复杂性

这些文学作品通过多元的叙事视角，呈现了社会中不同群体和个体的多样性。它们可能通过多个主要角色或叙述者的视角来展现同一事件或情节，让读者能够更全面地理解不同社会群体的生活、价值观和挑战。这有助于打破传统文学中的单一叙述，推动了社会多元性的呈现。实验性和后现代性文学作品采用多样的语言风格，反映了文化碰撞和多元性。这些作品融合多种文化元素、方言、外语和俚语，使文本更加生动多彩。通过语言的多元性，它们传达了当代社会和文化的复杂性，反映了不同文化背景和语言之间的互动。这些作品关注文化冲突和文化认同。可能以不同文化、传统和价值观之间的碰撞为背景，探讨了文化冲突对个体和社会的影响。这有助于读者更深刻地理解全球化时代文化认同的复杂性，以及不同文化之间的交流和对话。

（四）拓宽文学的视野

这些文学作品挑战了传统文学的界限。传统文学往往受到特定的文学规则和形式的限制，而实验性和后现代性文学作品敢于打破这些界限，尝试新的叙事方式、结构和语言风格。这不仅使文学更具创新性，还拓宽了文学的表达方式，并且为作家提供更多的创作空间。

这些作品引入了新的思想和观点。实验性和后现代性文学作品经常探讨当代社会的复杂性和问题，如人性、权力、身份、文化冲突等。它们反映了作者对这些问题的深刻思考，并以非传统的方式呈现，从而激发了读者的思考和探索。这有助于文学界引入新的思想和观点，推动文学的发展。

这些作品注重文化多样性。在全球化时代背景下，文化多样性成为一个重要的话题。实验性和后现代性文学作品常常关注文化多元性、文化碰撞和文化认同，通过多样的语言、文化元素和视角，阐述了文化多样性的重要性。这有助于文学界更好地反映当代社会和文化的多元性。

（五）鼓励读者思考和参与

实验性和后现代性文学作品鼓励读者更主动地参与，因为它们往往采用非传统的叙事方式、语言风格和结构，需要读者深入解析和构建故事的含义。这种参与式的阅读体验有助于读者更深入地思考作品中的意义和象征。

这些文学作品常常采用非线性的叙事方式，跳跃的时间线和碎片化的结构。这要求读者积极构建故事的时间线，从不同时间点的碎片信息中理解故事的发展。读者需要自己拼凑故事的片段，这种互动性激发了他们的思考和解释欲望。实验性和后现代性文学作品可能使用多重叙述、多重视角和模糊的语言，使故事的解释变得复杂多样。读者需要在不同叙事者的视角之间切换，理解不同版本的故事，进而形成更全面的理解。这种交互性促使读者积极思考不同观点之间的关系，以更深入地理解作品的复杂性。这些作品经常使用模糊的语言、象征和隐喻，这需要读者进行深入的解释和解码。读者需要解开文本中的多重层次含义，挖掘出隐喻和象征的意义。这种解读的互动性使读者更深入地思考文学作品中的象征和意义。实验性和后现代性文学作品鼓励读者提出问题并进行深入的思考。它们通常引发复杂的主题，如人性、社会问题、权力和现实的本质，鼓励读者提出问题，并寻求答案。这种思考的互动性使阅读变得更具挑战性和丰富性。

在智能制造行业的语境下，实验性和后现代性文学作品的创新精神与技术创新有着某种联系。它们都试图突破传统的边界，挑战常规的思维方式，以寻求新的解决方案和可能性。因此，这些文学作品的创新精神可以启发创新型思维，不仅在文学领域，也在其他领域，包括智能制造和科技创新中都具有重要的启发作用。

第三章　中国文学的地域性特点

第一节　北方文学

北方文学是中国文学中的一个重要分支，具有独特的地域特点和文化传统。中国北方广袤的地域，包括黄淮平原、东北平原、西北高原等地。这些地区的文学作品通常反映了北方人民的生活、历史、风土人情和精神风貌。

一、干练朴实的风格

北方文学作品常常以干练朴实的风格著称。这与北方地区的环境和人文特点有关，北方的气候严寒干燥，土地多为平原，这些因素使得北方人民的性格坚毅朴实。北方文学的语言和叙事通常直白简洁，具有强烈的实用性。

（一）朴实无华的语言

北方文学的语言，如同那片土地，朴实无华。在这片辽阔的土地上，人们用简单、直接的语言表达内心的感情，叙述生活中的喜怒哀乐。这种朴实无华的语言风格是北方文学的鲜明特点，也是其深受读者喜爱的原因。

这种语言风格是北方人民的性格特点。北方人民勤劳朴实，他们的生活与大自然息息相关。在北国的寒冷气候下，人们学会了坚韧和果敢。他们用简洁的语言，描述生活中的琐事，讲述自己的故事。这种朴素的语言风格使作品更容易引起读者的共鸣，勾勒出北方人民坚毅、乐观的性格。

在现代文学作品中，这种朴实无华的语言风格也常常被运用。无论是描述乡村的田园风光，还是描绘都市的喧嚣景象，作家们都用直接、生动的语言，勾勒出一个个鲜活的人物形象，让读者仿佛置身于其中。这种质朴的语言，打破了繁琐的修辞，直抵人心，作品更具生命力。

北方文学的朴实无华的语言风格，贴近人心，温暖读者的心灵。它是北方文学的瑰宝，也是中国文学的瑰宝。简单而真挚的语言，传递着北方人民对生活的热爱，对未来的希望，是北方文学不可或缺的特色之一。

（二）干练的叙事

北方文学的叙事方式以其干练而富有力度的特点而备受读者喜爱。这一特点在许多北方文学作品中得到了充分展现，反映了北方人民的性格特征和生活态度。

北方地区的严寒气候和广袤平原，造就了北方人民的坚韧和果敢。人们习惯了迅速应对变化，不浪费多余的时间。这种性格特点也反映在北方文学的叙事中。作家们通常采用直接、紧凑的叙述方式，情节紧凑而富有力度，不浪费篇幅于琐碎的细节上，而是将故事推向高潮。

这种干练的叙事方式使北方文学作品更加引人入胜。读者可以迅速沉浸在故事中，情节的推进让人愈发着迷。这也使北方文学作品具有强烈的可读性，受到了广大读者的喜爱。

在现代文学作品中，这种干练的叙事方式也得到了广泛运用。作家们以情节为中心，通过简练而有力的叙述，勾勒出生动的人物形象，营造出引人入胜的故事情节。这使得作品更具吸引力，读者往往一发不可收，渴望了解故事的发展。

（三）实用主义思维

北方文学以其实用主义思维而脱颖而出，这种思维方式贯穿于作品的方方面面，为北方文学作品增色不少。北方地区的气候条件和地理环境对人们的生活方式产生了深远的影响，促使人们发展出实际、务实的生活方式和思维方式。

北方的气候条件严苛，冬季漫长而寒冷，因此北方人民学会了在恶劣的天气下生存和工作。这种实际需求促使北方文学作品常常反映人们在面对挑战时的坚韧和智慧。北方文学中的人物通常具有强烈的生存欲望，他们能够在极端环境下找到解决问题的方法。这种实际的、务实的生活方式贯穿于北方文学作品，使其充满了现实感。

实用主义思维也反映在北方文学的道德观念中。北方文学作品通常强调诚实、勤劳和勇敢，这些品质被认为是应对生活挑战的关键。北方文学中的人物常常在艰难的环境下坚守自己的信仰和原则，这为作品赋予了强烈的道德内核。

在现代文学作品中，实用主义思维也得到了广泛应用。作家们注重表现人物在复杂的社会现实中如何应对挑战，通过智慧和勇气找到解决问题的方法。这种实用主义思维使作品更具现实感，使读者能够从中汲取生活的智慧和力量。

（四）强调性格塑造

北方文学之所以在性格塑造方面独具特色，是因为北方的地理和环境条件、历史背景、生活方式等因素共同影响了人们的性格特点。在北方文学中，坚韧、朴实、勇敢和耐心等性格特点常常被强调，它们是北方人民在面对严寒、艰辛和挑战时所培养出的品质。

首先，坚韧是北方文学中常见的性格特点。北方地区的严寒气候和恶劣天气要求人们必须具备坚韧的品质，这样才能在极端条件下生存和工作。作家们常常通过主人公的坚韧来反映北方人的不屈精神。这些坚韧的人物在克服生活中的各种困难和挑战时展现出不屈不挠的决心，这种坚韧精神不仅鼓舞了其他角色，也深深打动了读者，使他们相信无论面临多大的压力和困境，只要拥有坚韧的品质，就能够战胜一切。

其次，朴实也是北方文学中的一大特点。北方人以朴实、坦率和真诚而闻名，这种性格特点经常在文学作品中得到体现。作家们通过朴实的语言和行为来刻画人物，使他们更加真实可信。这些朴实的角色通常具有坚实的道德原则，为他们在复杂的世界中保持真实和忠诚的品质赢得了尊重和喜爱。

最后，勇敢和耐心也是北方文学中的重要性格特点。北方的艰苦环境和生活方式需要人们勇敢面对危险和挑战。作家们通过描写勇敢的人物，来强调面对困难时的勇气和决心。同时，北方人的耐心也是他们的优点，他们能够在长期的挫折和困苦中保持耐心，不轻言放弃。这种性格特点在文学作品中有时被赋予一定的戏剧性，使故事更加引人入胜。

（五）日常生活反映

北方文学以其独特的风格和主题反映了北方地区的日常生活，它深刻地反映了这一地区的文化传统和生活方式。通过对家庭、农村、城市和其他方方面面的描写，北方文学作品将读者带入了这一地区的日常生活，使他们能够更深入地了解北方地区的生活方式和文化传统。

家庭生活在北方文学中占据了重要地位。家庭被视为温馨的避风港，是北方人民生活的核心。北方文学作品经常通过家庭场景来描绘人物性格和关系，展现家庭成员之间的亲情和温情。这些作品通过对家庭生活的刻画，传达了北方人民对亲情和家庭的珍视。

农村生活也是北方文学的重要主题。北方地区的农村生活方式独具特色，耕种情节、宴席、传统习俗等都为北方文学提供了丰富的素材。通过对农村生活的描写，作家们常常探讨了农村社会的价值观念和生存方式，反映了农村人民的勤劳和智慧。

城市生活也是北方文学作品的常见主题。北方地区的一些城市如北京、天津、哈尔滨等具有丰富的历史和文化底蕴，这些城市的生活方式和城市景观为文学提供了丰富的创作素材。北方文学作品经常描写城市中的繁忙生活、人际关系和城市发展的变迁，反映了城市人民的生活状态和精神追求。北方文学也关注了日常生活中的细节和仪式。例如，冬天的取暖、夏天的纳凉、春节的传统习俗等等，都成为文学作品中的重要元素。通过对这些细节和仪式的描写，北方文学作品传达了人们对生活的热爱和对传统文化的尊重。

二、历史与战争题材

北方文学对历史和战争题材的反映具有深刻的文化和情感内涵。北方地区自古以来就承载着众多历史事件和战争，这些事件在北方文学中得到了广泛的反映。

北方文学作品经常描写历史事件，特别是中国古代历史的重要时刻。包括对中国历史上的王朝更替、政治斗争和文化繁荣等方面的叙述。北方文学的作家常常通过小说、散文和诗歌等文体来讲述这些历史事件，使历史变得更加具体和生动。这种历史叙述不仅有助于读者更好地了解中国的历史，也强调了历史对当代社会的影响。北方地区曾经是中国战争的重要战场，因此战争题材在北方文学中占有重要地位。北方文学作品常常以战争为背景，描写战士的英勇、生活的艰辛和家庭的分离。这些作品强调了战争对个体和社会的深远影响，同时也表达了民族团结和坚韧不拔的精神。

北方文学也注重对英雄主义和民族精神的塑造。在历史和战争题材中，作家常常塑造了各种英雄性格，这些英雄以其坚韧、勇敢和智慧受到读者的崇敬。这种英雄主义和民族精神的塑造鼓舞了读者，强调了对国家和民族的热爱。

历史和战争题材的反映也帮助北方文学作品深化了对人类性格和命运的思考。通过对历史事件和战争的描写，作家探讨了个体在历史洪流中的命运，强调了人性中的善与恶、坚韧与脆弱。这使得北方文学作品更具深度和内涵，激发了读者对人类命运的反思。北方文学对历史和战争题材的反映不仅使其作品更具历史感和文化底蕴，也帮助读者更深入地理解北方地区的文化传统和历史事件。这种题材的选择丰富了北方文学的主题和情感，使其成为中国文学中不可或缺的一部分。通过对历史和战争题材的叙述，北方文学作品传递了对历史和文化的珍视，激发了读者对国家、民族和人性的思考。

三、家园与土地情感

（一）北方文学常以农村生活为主题

北方文学中对农村生活的描绘常常是饱含深情的，这不仅是因为北方地区有着丰富的农村资源和文化传统，更是因为农村生活反映了北方人民的坚韧、勤劳和家园情感。

北方农村生活的勤劳和朴实常常成为文学作品中的主题。作家通过描写农民的耕种、收割、养殖等劳动，表现了北方人民的坚韧和毅力。这些描写不仅展现了北方地区的农村生活，也强调了劳动的尊严和价值。

农村家庭的描写也是北方文学中的一个重要方面。作家常常通过刻画农村家庭的生活场景、亲情关系和价值观，来表达家庭的温馨和团结。家庭成员之间的相互关怀和支持在文学作品中常常得到强调，这强化了北方家庭的重要性。

农村生活中的季节变化和农事活动也是文学作品中的常见元素。北方的严寒冬季和炎热夏季、播种和收获等自然和农事变化，都为作家提供了丰富的叙事素材。这些元素赋予了作品生动的背景和情感。

土地对农村生活的重要性常常在北方文学中得到突出。土地不仅是农民的生计所在，也是他们对家园的依赖和感情表达。作家通过描绘土地的贫瘠和丰收、黄土高原的广袤和荒凉，表达了对土地的感恩和依赖。

农村文化传统也是北方文学中的一部分。北方地区有着丰富的传统节令、民间故事和文化活动，这些元素常常出现在文学作品中，帮助读者更好地了解北方文化的多样性和独特性。

（二）北方文学中的土地情感

北方的广袤草原和沙漠景观常常在文学作品中被赞美。作家用生动的笔墨描绘了草原上的悠然牧歌、骏马奔驰的场景，以及夕阳西下的草原画面。这些描写反映了作家对自然美的感受和对大自然的敬仰。

雪山和河流也是北方文学中常见的元素。雪山的高峻、河流的宽广常常被赋予象征意义。它们不仅是自然景观，更是文学作品中的情感寄托。作家通过这些景观表达了对大自然的敬畏和对生命的感悟。

北方的气候条件也常常成为文学作品的背景。严寒的冬季、炎热的夏季和干燥的气候为作家提供了多样的叙事元素。这些气候条件对人们的生活和性格产生了深刻影响，作家们通过描写气候变化反映了人与自然的关系。

土地情感不仅体现在对大自然景观的赞美上，还表现在对土地的感激上。北方地区的农民对土地的耕种和耐心等待收成，表现出了深厚的感情。土地对农民来说不仅仅是生计的来源，也是文化传统和文化认同的一部分。作家通过对土地的描写，传达了对土地的感恩之情。

北方文学中的土地情感强调了自然的美和资源的宝贵性。它们反映了作家对北方地区独特环境的热爱和对大自然的珍视。这种情感在文学作品中常常以诗意的语言和深刻的思考表达，使读者对北方地区的土地和自然景观有了更深刻的认识。同时也唤起了对环境保护和可持续发展的思考。

（三）北方文学中的家园情感

家庭生活是北方文学中常见的主题。作家通过生动的描写和情感的表达，展现了家庭的温馨和和谐。家庭成员之间的亲情关系、父母的关怀、兄弟姐妹之间的相互支持都成为文学作品中的亮点。这种家庭情感使读者感受到亲情的温暖和家庭的重要性。对家乡的眷恋是北方文学中常见的情感。作家经常通过对家乡风土人情的描写，表现人们对家乡的深切眷恋。这种情感不仅仅是对地理位置的眷恋，还包括对家乡文化传统、乡村风景和童年回忆的怀念。读者通过文学作品能够感受到对家乡的独特情感。家园情感也反映在对家乡土地的感激上。北方地区的农耕文化和土地耕种对人们的生活产生了深刻的影响。作家通过描写农民的辛勤劳作和对土地的感恩，传达了对土地的珍视。这种土地情感强调了家乡土地在人们生活中的不可替代性。家园情怀使北方文学作品充满了人情味。它们强调了家庭、家乡和亲情的重要性，使作品更具温暖和共鸣。读者通过家园情怀能够感受到作家对生活的热爱和对人际关系的关怀。

（四）北方文学强调对文化传统的传承

北方文学对文化传统的传承在作品中扮演着重要的角色。这一特点反映了北方地区的悠久历史和多元文化。

1. 传统节令与庆典

北方文学作品常常反映了传统的节令和庆典，如春节、元宵节、中秋节等。这些节令在北方地区有着悠久的历史，包括丰富多彩的习俗、食品和活动。作家们通过描写，将这些传统节令带给读者，使他们更深入地了解北方文化的独特之处。

2. 民间故事和传说

北方地区传承了丰富的民间故事和传说，这些故事通常融入了历史、宗教和文化元素。北方文学作品中的人物和情节经常与这些传说有关，强调了文化传统在当代文学中的影响。

3. 方言和土语的呈现

北方地区拥有多种方言和土语，这些语言是文化传统的一部分。在文学作品中，作家常常通过角色的对话或者叙事者的描述来呈现方言和土语的独特之处。强调了北方文学的语言多样性。

4. 历史传承和古代文化

北方地区自古以来就是中国历史的重要中心，许多重大历史事件和文化成就都与北方地区有关。北方文学作品中的历史元素和古代文化，常常成为故事的背景和情节的灵感来源。这有助于读者更深入地理解中国古代文化的辉煌和多样性。

5. 文学经典的引用

一些北方文学作家会在作品中引用文学经典，如古代诗词、文言文等。这种引用，不仅使作品更具文学内涵，也传递了对文化传统的尊重和传承。

四、民歌和民间故事

北方地区的民歌和民间故事是北方文学的重要元素，对文学作品的创作和情感表达产生了深远的影响。

（一）民歌的情感表达

北方地区的民歌拥有独特的情感表达方式，通常以朴实而深刻的风格讲述日常生活、爱情、家庭和对土地的感情。这些民歌源于北方地区的丰富文化传统，以其情感深沉、韵味独特的特点而著称。北方文学作家在创作中常常借助对这些民歌的情感表达，为他们的作品注入了更多情感和共鸣。

首先，北方地区的民歌多以朴实无华的语言表达情感。这种朴实的语言风格使民歌内容更加贴近人心，触及人们的内心情感。这种直白、真实的表达方式在北方文学中也得到了延续。作家们经常借助清晰、直接的语言来描写人物的情感和内心世界，使读者能够深刻地感受到角色的情感体验。

其次，北方的民歌情感表达往往强调生活的真实性和情感的深度。这些歌曲常常反映人们的日常生活，如农村劳作、家庭生活、友情和亲情。它们也强调爱情的复杂性，包括爱情的甜蜜和苦涩。这种真实性和深度的情感表达在北方文学中也有所体现。作家经常以真挚的情感来描写角色的生活经历，使读者能够更深刻地理解文学作品中的人物情感。

再次，北方的民歌也经常表现出人们对土地的感情，包括对家乡土地的依赖和热爱。这反映了北方地区的文化传统，强调了土地在人们生活中的重要性。北方文学作家也将这种土地情感融入到作品中，通过对家园和土地的描写，传递了对家乡的热爱和对土地的感激之情。这种情感也强化了作品的文化特色和民族情感。

最后，北方的民歌不仅提供了情感表达的灵感，还为文学作品的音乐和韵律注入了新的元素。音乐性的特点在文学作品中常常体现为节奏感和韵律感。作家们借助这种音乐性，通过文本的节奏和语言的韵律，使作品更具有动感和表现力，让读者能够更深入地沉浸在故事之中。

（二）传统故事的激发

北方地区的传统民间故事如《白蛇传》《牛郎织女》等都具有悠久的历史、深厚的文化内涵以及丰富的象征意义。这些故事不仅为北方地区的文化传统做出了巨大贡献，同时也为北方文学提供了宝贵的灵感和素材，使文学作品更具丰富的内涵和情感表达。

这些传统民间故事在北方文学中的应用，通常赋予了作品深厚的文化内涵。这些故事承载了丰富的历史和文化传统，反映了古代北方社会的价值观和生活方式。作家们通过重新诠释和再现这些故事，将古代文化传统带入现代文学作品中，为作品注入了更多的文化深度和内涵。读者在阅读这些作品时，常常能够感受到古代文化与当代生活的交融，这种文化传承的特点使作品更具吸引力。

北方文学作家从传统民间故事中汲取灵感，将这些故事重新诠释并融入到现代叙事中。这种融合既尊重了传统文化，又通过现代的叙事方式赋予了这些故事新的生命。作家们常常以现代社会的背景和情感为基础，重新演绎这些传统故事，创造出新的故事情节和角色。这种创新激发了读者对传统故事的兴趣，也使传统故事在文学作品中变得更加生动有趣。

这些传统民间故事往往具有丰富的象征意义。它们包含了对人性、道德和价值观的探讨，因此常常被用来反映现代社会中的复杂问题和深层次的主题。作家们借助这些故事中的象征元素，将其引入作品，以探讨当代社会和文化的课题。这种象征性的应用使作品更具深度和思考价值，有助于引导读者深入思考作品中的主题和象征。

北方文学中传统民间故事的应用丰富了作品的文化内涵，通过现代叙事方式为这些故事赋予了新的生命。这种文化传承的特点，不仅使文学作品更具历史深度，也为作品注入了新的情感和思考。通过传统故事的激发，北方文学得以延续和创新，传承文化遗产，同时也使这些故事在现代文学中焕发新的光彩。

（三）叙事结构的多样性

北方文学中的民歌和民间故事对叙事结构的多样性产生了深远的影响。这些文化元素为作家们提供了多种叙事方式和结构，使文学作品更具层次感和复杂性。

抒情叙事是北方文学中常见的叙事方式，它受到民歌的启发。抒情叙事强调情感表达，作家们借助抒情的语言和节奏感，深刻地描绘角色内心的情感和思想。这种叙事方式常常与民歌的情感表达相呼应，使作品更具感染力和音乐性。读者通过抒情叙事能够更好地理解角色的内心世界，共鸣情感，这种情感共鸣增加了作品的吸引力。

叙事歌谣也是北方文学中的一种重要叙事方式，它受到传统民歌的影响。叙事歌谣常常用歌词的方式叙述故事，通过重复的节奏和押韵的形式为作品增添了音乐感。这种叙事方式常常用于叙述史诗般的故事，如英雄传说或历史事件，使作品更具史诗气质。叙事歌谣结构的多样性也为作家提供了更多的创作可能性，使他们能够更生动地呈现故事情节和角色。

故事传承也是北方文学中叙事结构的一种重要特点。作家经常借鉴传统民间故事的结构和情节，将其融入到作品中。这种传承不仅弘扬了传统文化，也为文学作品提供了有趣的情节和角色。通过传承的方式，作家能够将古老的故事与现代社会相连接，赋予故事时代内涵。

北方文学中的民歌和民间故事影响了叙事结构的多样性，赋予作品更多的叙事方式和层次感。抒情叙事、叙事歌谣和故事传承等叙事方式都在文学作品中得到了应用，丰富了作品的结构和情感表达。这种多样性使北方文学更加多元，有助于吸引不同类型的读者，使他们能够在文学作品中发现不同层次的魅力。

（四）文学作品的象征

北方文学中的民歌和民间故事在文学作品中常常充当象征角色，为作品赋予了深层次的文化内涵。这些象征不仅丰富了作品的意义，还增加了文学作品的复杂性和深度。

自然界的符号常常出现在北方文学中，充当象征角色。北方的自然景观，如广袤的黄土高原、苍茫的草原、壮丽的雪山等，常常被作家们用来表达情感和思想。这些自然界的符号可以代表坚韧、坚毅、广阔等品质。例如，黄土高原可能被视为坚韧不拔的象征，草原则可能象征着自由和广阔。通过运用自然界的符号，作家们为作品赋予了自然界的生动性和力量感，这种象征增强了作品的情感共鸣和视觉感。

动物的象征在北方文学中也常常出现。动物在民间故事和文化传统中扮演着重要的角色，它们常常被赋予象征意义。例如，东北虎可能被视为力量和威严的象征，雄鹰可能象征着高远和自由。作家们常常借助动物的象征意义来描绘角色或情节，丰富作品的内涵。这种象征赋予作品更深层次的含义，读者可以通过解读这些象征来理解作品的更多层次。

民间故事的隐喻也常出现在北方文学中。传统的民间故事如《白蛇传》《牛郎织女》等常常具有丰富的象征意义。故事中的角色和情节可以被解读为道德故事或哲学隐喻。作家们经常从这些传统故事中汲取灵感，将其隐喻性质融入作品中。这种隐喻使作品更具深度，读者可以通过思考和解码隐喻，来理解作品的哲学和道德层面。

北方文学中的民歌和民间故事成为文学作品的象征，通过自然界的符号、动物的象征和隐喻等方式，丰富了作品的文化内涵和意义。这些象征使作品更具多重层次，引导读者深入思考作品的含义和象征。这种文化的象征性质不仅增强了作品的艺术性，也为文学作品赋予了更深刻的文化传承的特点。

（五）文学与口头传统的融合

北方文学中的民歌和民间故事与文学传统的融合，体现了文学的多元性和丰富性。这种融合不仅强调了口头传统的重要性，还为文学作品注入了新的文化元素，形成了一种富有创新性和深度的文化表达方式。

口头传统的融合丰富了北方文学的叙事元素。传统的民歌和民间故事通常以口头传承的方式传递，它们具有生动的叙事特点。作家将口头传统元素融入文学作品中，赋予作品更加生动和鲜活的叙述风格。这种融合丰富了作品的叙事手法，使作品更具吸引力。

口头传统的融合丰富了文学作品的文化内涵。民歌和民间故事常常反映了北方地区的文化传统和价值观念。作家们将这些文化元素融入作品，使作品更具文化认同感。读者通过文学作品能够更好地了解北方地区的文化特点，这有助于文化的传承和保护。

口头传统的融合为文学作品注入了音乐和韵律的元素。民歌是一种重要的音乐表达形式，而民间故事也常常具有韵律感。作家常常运用音乐元素和韵律来创造作品的语言美感，增加了作品的艺术性。这种融合丰富了文学作品的艺术性，给读者带来了视觉和听觉上的享受。

口头传统的融合将文学与普通民众联系在一起。口头传统元素常常源自普通人的日常生活和经验，它们具有亲和力和通俗性。作家将这些元素融入文学作品中，使作品更具亲和力和可读性。读者能够通过文学作品感受到自己与文化传统的联系，这有助于文化的传承和共鸣。

第二节 南方文学

南方文学代表着中国南方地区的文学传统，包括江南水乡、岭南山水、西南边陲等地。南方文学具有以下特点：

一、柔和细腻的风格

（一）情感的深度和复杂性

南方文学作品往往展现了人物内心丰富的情感世界。不同的情感如爱、恨、嫉妒、怜悯、痛苦和喜悦交织在一起，使人物更加生动和有深度。例如，在爱情题材的作品中，作家可能深入探讨角色之间的情感纠葛，揭示出不同形式的爱及其复杂性。这使得读者能够更好地理解和共鸣情感，因为它们反映了现实生活中的情感体验。

复杂的情感常常使南方文学作品更具挑战性。作家通过展示人物内心的矛盾情感和道德抉择，引发读者深入思考人性和伦理问题。这种情感的复杂性不仅使作品更具深度，还有助于引导读者进行思辨和道德探讨。

在南方文学中，情感的描写和演化也常常与自然景观和地域文化相互交融。例如，美丽的山水和水乡风情常常为情感的表达提供了独特的背景。作家可能巧妙地利用自然景观来增强情感的表现，使情感与环境相互映衬，从而丰富情感的层次和含义。

此外，南方文学中的情感深度和复杂性也与家庭和社会关系紧密相连。家庭是南方文学中常见的情感场景，亲情、友情和爱情的复杂关系为作品提供了丰富的情感素材。这些情感关系反映了南方文学作品中人际关系的多样性，使作品更具生活的真实感。

南方文学的情感深度和复杂性，使其成为了文学世界中的一颗璀璨明珠。通过丰富的情感描写，作家能够将读者带入人物内心的世界，引发共鸣，深刻地反映了人性的多样性和丰富性。这种情感的深度和复杂性不仅使南方文学作品充满了生命力，还启发了读者深入思考文学作品中的情感和道德议题。

（二）自然与山水的温情描写

南方文学作家往往将自然景观视为表达情感和思想的符号。江南的水乡常被视为温柔、柔情和生机勃勃的象征。作家通过描绘河流、小桥、流水、竹林等元素，表达了对家园和美的热爱。这种温情的描写不仅赋予作品更多的生动性，还传达了对自然的感激之情。

岭南山水以其秀美的山川和悠远的山水景致而著称。作家通过生动的描写和比喻，将这些山水元素融入作品，赋予其更多的文化内涵。这种温情的描写不仅展示了岭南山水的魅力，还强调了人与自然的和谐关系。

西南边陲地区的神秘和荒野景观也常常出现在南方文学作品中。作家通过描绘茂密的森林、原始的山脉和蔚蓝的天空，传达了对自然的尊敬和神秘之情。这种温情描写不仅丰富了作品的视觉感受，还引发了读者对自然界的思考和敬仰。

自然和山水的温情描写有助于增强作品的情感共鸣。读者常常能够在这些景观中找到共鸣点，因为自然景观在情感和生活中扮演了重要角色。这种温情描写使作品更具人情味，让读者更容易产生情感联系。

（三）儒家文化传统的影响

儒家文化传统的影响在南方文学中是深刻且显著的。这些传统价值观与南方文学的风格和主题密切相关，为南方文学作品赋予了独特的文化内涵。

1. 家族伦理的强调

儒家文化强调家庭伦理和亲情关系。在南方文学作品中，家庭往往扮演着重要角色。作家常常描写家庭生活、亲情关系以及代际传承。这些作品强调家庭的重要性，传达了家族情感和价值观的传承。

2. 孝道的体现

孝道是儒家文化中的核心价值观之一，强调子女对父母的孝敬和尊重。在南方文学中，孝道常常成为情感表达和人物性格的重要元素。作家通过塑造孝顺的角色，探讨了孝道与情感之间的关系，使作品更具深度和复杂性。

3. 礼仪和人际关系

儒家文化注重礼仪和人际关系的和谐。南方文学作品常常描绘人物之间的社交和互动，强调了礼仪的重要性。这种关注人际关系的描写使作品更具社会性和情感共鸣。

4. 文化传承与发展

儒家文化传统鼓励文化传承和发展。南方文学作家常常通过作品弘扬儒家文化价值观，传达对文化传统的珍视和延续。这有助于保持儒家传统在南方文学中的重要地位，同时也推动了文学作品的文化传承。

儒家文化传统在南方文学中发挥了重要作用，影响了作品的主题、情感表达和人物性格的刻画。这种影响使南方文学作品更加富有深度和文化内涵，为读者提供了思考和共鸣的机会。儒家文化传统与南方文学的融合丰富了中国文学的多样性，弘扬了古老的文化价值观。

（四）饮食文化的反映

南方文学作品中的饮食文化反映了南方地区丰富多样的美食传统。这些作品通过对食物、烹饪方式和饮食习惯的生动描写，深刻地反映了南方文化的独特之处。

1. 对美食的赞美

南方文学作品常常对美食进行赞美和颂扬。南方的饮食文化以多样性和精致性而闻名，作家通过作品传达了对美食的热爱和欣赏。这种赞美不仅是对味蕾的享受，也包含了对文化传统的珍视。

2. 食物与人物性格

在南方文学中，人物的性格和行为常常与饮食习惯相关。例如，一个人是否懂得享受美食，是否会为了家人准备可口的饭菜等，这些因素都成为角色性格的一部分。通过食物和饮食习惯，作家塑造了更加丰富和生动的人物形象。

3. 家庭和社交场合

饮食在南方文学作品中经常作为家庭和社交场合的核心元素。家人围坐一桌共进晚餐、朋友相聚品尝美食，这些场景常常充满了亲情、友情和社会互动。饮食场合也反映了南方地区强调家庭和社交的文化价值。

4. 饮食传统的延续

南方文学作品中经常强调饮食传统的延续。作家通过叙述食材的采集、传统烹饪技艺的传承、节庆和宴席的举办，传达了对文化传统的尊重和传承。这有助于读者更好地理解南方文化的深厚历史和传统价值。

5. 美食与文化交流

南方地区一直是文化交流的重要地区，南方文学中的饮食文化也反映了文化的交融。南方文学作品中常常出现异域美食和文化交流的情节，强调了南方地区多元文化的特点。

南方文学中的饮食文化反映了南方地区丰富多样的饮食传统和文化特点。通过食物、饮食场合和烹饪方式的描写，作品更具生活气息和文化内涵。这种反映不仅让读者了解了南方地区的美食传统，也加深了对南方文学作品中情感和人际关系的理解。南方文学作品中的饮食文化成为了一种独特的文化表达方式，丰富了中国文学的多样性。

二、水乡山水题材

（一）江南水乡的风情

江南水乡，位于中国南方地区，包括江苏、浙江、上海、安徽等省份，是南方文学中一大风景明媚的题材。江南水乡以其独特的地理特点和文化传统成为南方文学中的灵感来源。

江南水乡以水系众多而闻名。河流、湖泊、运河等水道交织在一起，构成了独特的水系景观。在南方文学作品中，这些水道常常被用来构建场景，如小舟悠悠、河水潺潺。这些描写赋予作品柔和的情感，读者能够感受到水的流动和生命的律动。

古老的村落和小桥流水是江南水乡的代表性景致。古村古镇保存了丰富的历史文化，有着独特的建筑风格和传统乡村生活的痕迹。南方文学作家常常以这些村落为背景，通过对古村的描写，勾勒出古老、宁静、原生态的水乡风情。读者仿佛走进了一个充满诗意的世界，感受到了岁月静好的韵味。

自然景致是江南水乡的一大特色。翠绿的稻田、茂密的竹林、蓝天白云和四季变幻的美景构成了南方文学中常见的画面。作家通过对自然景致的生动描写，传达出对大自然的敬畏和对生活的热爱。这种景致的描写常常伴随着对人物内心情感的反映，如对美的赞美、对自然的感悟、对生命的热情等。

江南水乡的民俗文化也是南方文学中的一大亮点。传统的节庆、宗教仪式、乡村习俗等丰富多彩的文化元素，为作家提供了丰富的创作素材。这些文化传统在南方文学中常常被生动地呈现，反映了水乡地区丰富的文化内涵和民间传统。

（二）岭南山水的秀丽

岭南地区，位于中国南方，包括广东、广西、香港和澳门等地，以其壮丽的山脉和秀美的山水景观而闻名。这一地区的山水风光常常成为南方文学作品的灵感来源，以下将详细探讨岭南山水的秀丽在南方文学中的表现：

岭南山脉屹立在广东和广西之间，是中国南方地区最重要的山脉之一。这里的山峰险峻，峡谷幽深，悬崖峭壁，构成了壮美的山脉景观。南方文学作家经常以山峰为背景，通过对山峰的描写，营造出气势磅礴、壮美无比的自然景观。读者可以感受到山脉的雄伟和大自然的力量。

岭南山水以茶园和云雾而闻名。茶园是岭南地区的特产，茶叶生长在山间的梯田上，茶树和茶园与山水融为一体，构成了独特的茶园景观。南方文学作家常常以茶园为背景，通过对茶叶的生长、采摘和制作过程的描写，传达出对大自然的感悟和对茶文化的热爱。云雾是岭南山水的另一特点，山脉之间云雾缭绕，时隐时现，营造出神秘的氛围。作家常常通过对云雾的描写，赋予作品奇幻和幽静的氛围。

岭南山水的秀丽也常常与传统文化元素相结合。古老的庙宇、寺庙和古迹分布在山水之间，为作家提供了丰富的文化背景。这些文化元素在南方文学中被生动地呈现，传递出古老与现代、信仰与生活的交融。作家通过对这些文化元素的描写，传达出对历史文化的尊敬和传统价值的传承。

岭南山水的秀丽在南方文学中以其壮美、豁达和奇幻的特点得到了深刻的表现。作家通过对山脉、茶园、云雾和文化元素的描写，勾勒出岭南山水的独特魅力，读者能够感受到山水之美和文化之深。这种秀丽的表现不仅丰富了南方文学的题材，也传达了人与自然、人与文化的深厚联系，为文学作品增添了艺术感染力和文化内涵。

（三）西南边陲的神秘

西南地区，位于中国的边疆地带，包括云南、贵州、四川、西藏等地，拥有广袤的森林、高原和峡谷。这一地区的自然景观常常被南方文学作家用来创造神秘、原始的氛围，以下将详细探讨西南边陲的神秘在南方文学中的表现：

西南地区以其独特的地理环境而闻名。这里有壮观的高山和峡谷，激流勇进的江河，茂密的森林和广袤的草原。南方文学作家通过对这些自然景观的描写，创造了充满冒险和探索的氛围。读者可以感受到在这片神秘的土地上，人与自然之间的紧密联系，引发对未知世界的好奇心。

西南地区还拥有丰富的少数民族文化。多个少数民族在这里居住，保留着独特的文化传统。南方文学作家经常通过对少数民族文化的描写，展现出这些文化的丰富多彩和神秘性。他们探讨民族信仰、习俗、服饰等方面，传达出对多元文化的尊重和对文化多样性的探求。

西南边陲的神秘也常常与探险和冒险相联系。这一地区的自然环境多变而复杂，很多地方尚未被完全探索。南方文学作家常常创作探险故事，描述主人公勇敢面对未知挑战的过程，传达出对探险精神的推崇。这些作品使读者感受到在神秘的西南边陲，人类与自然的斗争和和谐共存。

西南边陲的神秘在南方文学中以其独特的自然景观、少数民族文化和冒险精神得到了深刻的表现。作家们通过对这一地区的描写，传达出对自然、文化和冒险的热爱，创造了丰富多彩的文学作品。这种神秘的表现不仅为南方文学增添了多样性，也让读者深入了解了这一神秘地带的魅力。

（四）山水意境的抒发

在南方文学作品中，山水景观不仅是自然的描写对象，还常常被用来抒发人物情感或表达深层主题。这种山水意境的抒发赋予作品更多的象征性和深度，以下将探讨南方文学中山水景致的象征意义及其在情感和主题表达中的作用：

山水景观常常被用来抒发人物情感。在南方文学中，山水往往被赋予生命，成为人物情感的寄托。例如，一位失意的诗人在山水间寻找心灵的慰藉，一对恋人在山水景致下表达深情，或者一位思考人生的主人公在山水中找到答案。这些情感与山水相互映衬，增强了人物情感的表达，使作品更具共鸣力。

山水景致在南方文学中常常具有象征意义。不同的山水元素可以代表不同的主题或情感，为作品赋予更多的隐喻和象征。例如，青山常常被视为坚韧和永恒的象征，清澈的溪流代表纯洁和希望，险峻的山峰可能象征困难和挑战。这些象征使作品更具深度，读者可以通过对山水的理解更好地理解作品的主题和情感。

山水意境也常常与文化和哲学有关。南方地区一直以来都有深厚的文化传统，儒家、佛教、道家等哲学思想根深蒂固。因此，山水景致也常常与这些哲学观念相联系。例如，山水画作为中国传统绘画的重要形式，融合了儒家的和谐思想和道家的清静观念。在南方文学中，对山水的描写常常反映了这些文化和哲学观点，为作品注入更多的智慧和内涵。

南方文学中的山水景致不仅是自然的描写对象，还具有深厚的象征意义。它被用来抒发人物情感，反映作品主题，传递文化和哲学观念。山水景致的丰富多样性为南方文学增添了更多的艺术性和思考深度，使作品更具吸引力。

三、饮食文化

（一）美食的描写

南方文学中的美食描写是一种充满魅力和感官享受的艺术，通过丰富的细节和精彩的表现手法，将美食呈现得栩栩如生。这种描写不仅是文学作品中的情感表达，也反映了南方地区的独特饮食文化和美食传统。

南方文学中的美食描写常常包括对食物的外观的生动描绘。作家们运用生动的形容词和比喻，如鲜嫩多汁的肉、金黄酥脆的炸鸡、清脆可口的蔬菜等，以创造食物的视觉效果。读者几乎看到食物的颜色、质地和形状，仿佛置身于美食的世界中。美食描写还强调了食物的气味和香气。作家们用生动的词语描述食物的香气，如芳香扑鼻的烤肉、浓郁的海鲜香气、花香四溢的茶叶等。这种描写不仅让读者能够闻到美食的香味，也勾勒出美食独特的风味。美食描写也注重食物的口感。作者运用生动的动词和形容词，如脆嫩、滑嫩、鲜美、醇厚等，来传达食物的口感。读者仿佛可以感受到美食的口感，这种描写让人回味无穷。

美食描写不仅是对食物的感官描述，还反映了南方地区的饮食文化和美食传统。南方地区以其丰富多样的美食而著名，如广东的粤菜、四川的川菜、福建的闽菜等。这些地方性美食成为南方文学作品中的常见元素，通过对这些美食的生动描写，传达了南方人民对美食的热爱和骄傲。

总的来说，南方文学中的美食描写是一种饱含情感和文化传承的艺术表现，它通过丰富的细节和感官描述，将美食带入文学作品中，为读者创造了一场美食的盛宴，同时也传递了南方地区的美食文化和热情。这种描写不仅使作品更加生动有趣，也深刻地反映了南方文学的独特魅力。

（二）食物与情感

南方文学中的食物与情感之间存在着深刻的关联，餐桌成为了人际关系和情感交流的重要背景。这种情感的表达通过食物的场景增加了作品的情感厚度，为读者提供了与角色情感共鸣的机会。

家庭聚会是南方文学中常见的情感场景。家庭成员围坐在一起，分享美食，是表达亲情和家庭联系的有力方式。作品中常常描写父母为子女准备喜爱的菜肴，兄弟姐妹之间的笑谈，祖孙三代的欢声笑语，这一切都构成了家庭温暖的画面。食物在这些场景中充当了家庭关系的媒介，通过食物的分享和传递，传达出家庭成员之间的深厚情感和亲情的力量。

朋友聚会也是表达友情和情感的场景之一。南方文学中常常描写朋友们在餐桌上的相聚，共享食物和畅谈友情。这种情感场景展示了友情的坚固和真诚，朋友之间互相照顾、分享人生喜怒哀乐。食物成为友情的象征，连接了朋友之间的情感纽带。

情侣约会也常常以食物为背景。作品描写了情侣在餐厅共进晚餐，享受美食和亲近的时刻。食物在这里不仅是味觉的享受，还是表达爱情的工具。情侣通过分享美食，表达对彼此的爱意，增强了他们之间的感情。

这些情感场景通过食物得以深化和表达，强调了南方文学中人际关系和情感交流的重要性。食物不仅满足了生理需求，还在人际互动中扮演了重要角色。通过对食物与情感的深刻交织，作家们丰富了作品的情感层次，更具情感共鸣和文学价值。这也体现了南方文学对情感世界的深刻关注和表现。

（三）饮食习惯与地域文化

南方地区因其广袤的地理范围和多样性的文化传统而展现出丰富的饮食习惯和地域文化。这种多元性在南方文学中常常得到生动的描写，通过对当地的烹饪方式、特色食材和独特的菜肴的展现，南方文学反映了地域文化的魅力，为读者呈现了一个富有多样性的饮食景观。

江南地区以其独特的烹饪方式和口味而著名。南方文学作品中常常出现对江南美食的赞美和描述。这个地区的烹饪注重清淡、细腻的口味，常以米饭、面食为主食，擅长烹饪海鲜和淡水鱼。著名的小吃如小笼包、松饼、粽子等也常常出现。通过对江南美食的描写，作家们向读者展现了江南地区的细腻烹饪和对食材的独特处理方式，强调了这一地区的饮食文化传统。岭南地区的特色饮食文化也在南方文学中得到了反映。这个地区以辣椒、香料和糯米饭为特色，广东菜和湖南菜是代表性的烹饪风格。南方文学作品常常通过对岭南美食的描写来展示其辛辣、独特的口味。充满火辣风味的菜肴如麻辣烫、辣椒炒饭、广东炖品等，都在作品中生动地呈现。这些描写使读者对岭南地区的饮食文化有了更深入的了解。

西南地区以其独特的食材和烹饪方式而著名。云南的风味多元，以野生菌类、火锅和酸辣口味为特色，川菜则以麻辣火锅、酸辣粉等为代表。南方文学作品中常常出现对西南美食的赞美和描述。这些地区的饮食强调食材的新鲜和独特，常常在作品中强调食物的原始和野性。这种食材和口味的多样性为作品增加了色彩，使读者能够感受到独特的美食文化。

福建、台湾等地的海鲜文化也在南方文学中得到了充分的体现。这些地区以新鲜的海鲜、海产和海鲜市场而闻名。南方文学作品常常通过对海鲜的描写来传达丰富的海鲜文化。例如，对海鲜市场的热闹场景、对海鲜烹饪的精湛技巧、对海鲜的美味描述等都构成了作品中生动的画面。这种描写展示了南方地区对海鲜的独特烹饪方式和对食材的热爱。

南方文学通过对饮食文化的描写，展示了南方地区不同的烹饪风格、特色食材和口味。这不仅为读者提供了视觉、嗅觉和味觉上的愉悦，还深化了作品的文化内涵。饮食文化在南方文学中扮演着重要的角色，反映了地域文化的多元性和丰富性，为作品增色许多，也让读者更好地了解了南方地区的文化传统。

（四）食物的象征意义

食物在南方文学中经常被用来象征繁荣和幸福。丰盛的饭菜、美味的食材常常代表着生活的富足和家庭的幸福。南方文学中的作品常常通过对丰盛宴席的描写，表现出人物的生活幸福和家庭团结。这种象征性的运用让读者能够深刻理解食物与繁荣幸福之间的联系。

食物也常常用来象征传统文化和价值观。南方地区一直以来都是儒家文化的发源地之一，儒家价值观如孝道、家庭伦理和礼仪在南方文学中得到强调。某些食物和食事仪式在作品中成为传统文化的象征。例如，传统的中秋节月饼象征着团圆和家庭情感，婚礼上的礼仪食物象征着爱情和家庭的重要性。通过这些象征，作家传递了对传统文化的尊重和传承的重要性，强化了作品的文化内涵。

食物还可以用来象征人物的情感和关系。在南方文学中，餐桌上的场景经常被用来展现人际关系和情感互动。家庭聚会、朋友欢聚或情侣约会的食事场景常常反映了人物之间的亲情、友情或爱情。通过食物和餐桌上的对话，作家能够传达人物之间的情感联系，加深角色的情感深度。这种象征性的运用使读者更深入地理解人物之间的关系和情感。

食物还可以象征作品的主题和象征。食物可能代表着作品的主题，例如，某部作品可能以某种特定的食物为核心，通过对其描写和象征性运用，反映作品的主题。这种手法使作品更具艺术感和思考深度，引导读者深入思考作品的内涵。

食物在南方文学中不仅仅是口味的享受，还具有丰富的象征意义，代表着繁荣、幸福、传统文化、情感关系和作品主题。这种象征性的运用让南方文学作品更加丰富和深刻，引发读者对文化、情感和主题的深入思考。

第三节　西部文学

西部文学代表着中国西部地区的文学传统，包括青藏高原、川滇高原、新疆维吾尔自治区等地。

一、高原和沙漠题材

（一）高原的苍茫和壮丽

西部地区的高原地貌，尤其是青藏高原和川滇高原，展现出了令人惊叹的苍茫和壮丽景色。这些高原景观对西部文学产生了深远的影响，不仅丰富了作品的视觉元素，还影响了故事情节和人物性格的塑造。

在西部文学中，高原的苍茫和壮丽经常通过生动的描写表现出来。作家用华丽的词汇和精湛的笔触，刻画出高原地区的广袤草原、雄伟山脉、湛蓝天空以及湍急江河。这些描写传达出高原地区的壮美和无垠，读者仿佛置身其中，感受到大自然的力量。

这些景观也成为作品的背景，深刻地影响了故事情节。高原地区的恶劣气候和严酷自然条件经常成为人物面临的挑战，增加了作品的紧张感和戏剧性。同时，高原地区的宁静和神秘也为作品增添了神秘感和思考的空间。人物在高原中的历险和成长常常成为作品的主题，反映出高原对人物性格的深刻影响。

高原地区的自然美不仅是文学作品的背景，还是作品主题的一部分。作家经常通过高原景观传达人物的内心世界和情感变化。高原的广袤和辽阔常常与人物的内心追求和自由精神相呼应，使作品更具思考深度。同时，高原也代表着坚韧和不屈的精神，这种精神常常激励着人物克服困难，追求梦想。

高原的苍茫和壮丽在西部文学中扮演着重要的角色，不仅为作品增色，还通过景观、氛围和主题的传达，使作品更加引人入胜。这些描写不仅反映了自然界的美丽，也展现了人与自然之间的复杂关系，使读者更好地了解和欣赏西部地区的自然风光。

（二）沙漠的广袤与神秘

西部地区的广袤沙漠，尤其是新疆地区的塔克拉玛干沙漠等，展现了一种令人叹为观止的广袤和神秘。这些沙漠景观成为了西部文学中的一个独特题材，通过生动的描写和情节创作，为作品注入了广袤与神秘的内涵。

在西部文学中，沙漠的广袤常常通过视觉和描述传达出来。作家运用生动的语言和形象的描写，创造出一望无际的黄沙，沙丘连绵不断，以及炎热的沙漠风。读者可以感受到沙漠地区的广袤无垠，仿佛置身于其中。

此外，沙漠还充满了神秘感。沙漠地区少人居住，环境恶劣，这为作品创造了神秘和危险的氛围。作家经常将主人公置身于沙漠之中，面临各种困难和挑战，这增加了作品的紧张感和戏剧性。沙漠中的孤独和寂静也经常用来反映主人公的内心世界，加深作品的思考深度。

沙漠地区的广袤和神秘也成为作品主题的一部分。人物在沙漠中的历险和探索常常是作品的中心情节，反映出冒险和求知的精神。作家通过这些情节传达出对未知的渴望和对自然界的尊敬。沙漠也成为作品的象征，代表着挑战、探索和自由。

西部文学中对沙漠的广袤和神秘的描写丰富了作品的视觉元素，增加了作品的紧张感和戏剧性，同时通过景观、氛围和主题的传达，使作品更加引人入胜。这些描写不仅反映了自然界的美丽，也展现了人与自然之间的复杂关系，使读者更好地了解和欣赏西部地区的自然景观。

（三）自然界与人的互动

自然界与人的互动在西部文学中扮演着重要的角色，这种互动展现了人们如何在高原和沙漠极端环境中生存和生活。这种关系不仅是作品的重要主题，还反映了西部地区居民的生存智慧和文化传统。

高原地区的生活常常充满了挑战，包括高山缺氧、气温骤降和土地的荒凉。然而，西部文学作品中的人物往往表现出顽强和坚韧的品质，他们学会适应高原的气候和地形，寻找适合的居住地点，以及利用高原植物和牲畜维持生计。这种自然界与人的互动强调了人们与高原环境之间的相互依存，同时，也反映了对自然的尊重和保护。

在沙漠地区，人与自然的互动也是西部文学的一大特色。作家经常描写主人公在广袤的沙漠中的生存挑战，他们可能面临缺水、沙尘暴和导航困难等问题。这种自然界与人的互动常常通过冒险和探险的情节展现出来，读者可以感受到主人公与沙漠环境之间的对抗和合作。这也反映了人们对自然界的谦卑和敬畏，以及对自然资源的珍惜。

自然界与人的互动还展现了文化传统的传承。在高原和沙漠地区，人们通过世代相传的智慧和技能来适应极端环境。这种传承包括如何养护牲畜、寻找水源、建造临时住所等生存技能，以及如何传承民间故事和传统庆典。西部文学中常常强调这些传统知识的重要性，以及人们如何将其传递给下一代。

自然界与人的互动在西部文学中扮演着核心角色，展现了人们在高原和沙漠极端环境中的坚韧和智慧。这种互动强调了人与自然之间的复杂关系，同时也传达了对自然界的尊重和对文化传统的珍视。通过作品中的这种自然界与人的互动，读者可以更好地理解和欣赏西部地区的自然环境和文化传统。

（四）地域文化的体现

高原和沙漠地区的文化传统也常常成为西部文学作品的一部分。传统节令、民间故事等元素常出现在作品中，丰富了文学作品的文化内涵，同时也展现了西部地区的多元文化。

1. 传统节令

西部地区拥有丰富的传统节令和庆典，如藏历新年、纳西族三月街、维吾尔族库尔班节等。这些节令和庆典通常与自然界的变化和农事活动相关，反映了当地人民的生活方式和宗教信仰。西部文学作品中经常描写这些传统节令，使读者更好地了解地区文化。

2. 民间故事

西部地区的民间故事和传说源远流长，包括藏区的格萨尔王传说、新疆的古尔邦节神话等。这些故事常常融入到文学作品中，为作品增加了神秘和史诗感。通过这些故事，读者可以感受到西部地区民间文化的丰富性。

3. 音乐和舞蹈

西部地区的音乐和舞蹈传统丰富多样，如蒙古族的长调、维吾尔族的迪巴克舞。这些音乐和舞蹈经常作为文学作品的一部分，为作品增加了音乐和艺术的元素。通过这些表演形式，读者可以感受到西部地区文化的多样性和生命力。

这些要素共同构成了西部文学中高原和沙漠题材的丰富内容。作家通过对这些景观的描写和文化的反映，创造出独特而引人入胜的文学作品，使读者更好地了解西部地区的自然美和文化多样性。

二、民族多元性

（一）多民族共存

1. 文化碰撞与融合

西部地区的多民族共存导致了不同文化之间的碰撞和融合。文学作家常常通过描述不同民族之间的文化交流、互动和借鉴，展现了文化的多元性。这种融合可以创造新的文化元素和表达方式。

2. 多语言环境

西部地区的多民族共存意味着不同民族通常使用各自的语言或方言。文学作品中的对话和语言交流经常反映了多语言环境。有时，作家会使用多种语言来代表不同民族之间的交流，强调语言的多样性。

3. 民族特色和传统

每个民族都有独特的文化和传统，如服饰、饮食、音乐、舞蹈等。作家通过对这些特色的描写，帮助读者更好地理解每个民族的文化背景。这也为文学作品增色许多，使作品更具地域特色。

4. 社会互动与挑战

多民族共存的社会环境也带来了一些社会挑战。作家可以通过描绘这些挑战，反映不同民族之间的争议和合作，使作品更具复杂性和深度。

通过多民族共存的主题，西部文学作品为读者提供了深入了解多元文化的机会。这些作品强调了民族之间的共存和互动，同时也反映了不同文化的交融和共同发展。

（二）文化差异

西部地区拥有众多少数民族，每个民族都有其独特的文化传统和语言。因此，西部文学作品常常涉及民族多元性和民族文化的交融。这些作品通过生动的叙述和描写，向读者展示了不同民族之间的多样性和文化差异。这种多元性不仅体现在语言、宗教、服饰、饮食等方面，还涵盖了节令庆典、文化冲突和融合等各个层面。作家通过作品，呈现了不同民族之间的相互影响和互动，同时也展示了这一地区文化多元性的精彩。这些作品通过生动的叙述和描写，展现了这一地区的文化丰富性。这使得西部地区成为了一个多元文化的交汇之地，充满了独特的文化魅力。

（三）语言和方言

西部地区的多民族共存带来了丰富多样的语言和方言，成为西部文学中的重要元素。不同民族通常使用各自的语言或方言，如藏语、维吾尔语、哈萨克语等。这种语言多样性反映了西部地区的文化多元性，同时也为文学作品增色许多。

文学作品中的语言和方言常常成为人物性格和身份的标志。作家通过人物之间的对话和语言表达，巧妙地呈现了不同民族的文化特征。例如，在西藏地区的文学作品中，藏语的使用常常与藏族文化密切相关。作家通过生动的对话和藏语词汇的使用，展现了这一地区的语言特点，同时也为角色赋予了更多的文化深度。

另一方面，新疆地区的维吾尔语在文学作品中也占有重要地位。维吾尔族的文化和历史与其语言密不可分，因此维吾尔语的运用在文学作品中具有特殊的意义。作家通过对维吾尔语的描写和对话，展现了这一地区的民族文化和生活风貌，让读者更好地了解维吾尔族。

此外，哈萨克语、蒙古语等少数民族语言也常常在西部文学中出现。这些语言和方言的运用使作品更具地域性和民族性，反映了不同民族之间的语言互动和文化融合。

有时，作家还会在作品中使用多种语言来传达不同民族之间的交流。这种语言的多元性增加了作品的复杂性，同时也反映了西部地区的多语言环境。通过语言和方言的运用，文学作品成为了一个窗口，让读者更好地了解这一地区的文化多样性和语言特点。

三、牧民文化

西部地区的牧民文化是西部文学中一个备受关注的重要元素。这种文化传统包括草原牧民和游牧生活，经常在文学作品中得到生动的描写，传达出一种特有的生活方式和精神风貌。

牧民的生活方式是西部文学的一个重要题材。草原牧民经常被描绘成在广袤的草原上放牧的生活，他们与牛羊的亲近，与大自然的紧密联系成为文学作品中的生动场景。读者可以通过这些描写感受到草原牧民的宁静、自由和朴实生活。

游牧生活在文学中也占有重要地位。西部地区的游牧民族如哈萨克族、蒙古族等，经常被塑造成坚韧、勇敢的形象。他们在广袤的大地上追逐牛羊，与自然界的风险作斗争。这种生活方式反映出游牧文化的坚毅和适应能力，成为文学作品的重要元素。

牧民文化传承了丰富的民间故事和传统。这些故事经常被用来传达价值观念和道德教诲，同时，也丰富了文学作品的情节和内涵。通过这些故事，读者可以更深入地了解牧民文化的智慧和传统。

牧民文化是西部文学中不可或缺的元素，它丰富了作品的题材和情感，同时，也反映了西部地区的独特生活方式和文化传统。这一文化成为西部文学的一部分，为读者呈现出一个丰富多彩的西部世界。

第四节 东部文学

东部文学代表着中国东部地区的文学传统，包括长江流域、沿海地带、华东地区等。

一、经济繁荣和城市化

东部地区的经济繁荣和城市化是东部文学作品中的重要主题，它们反映了这一地区的特点和文化内涵。

第一，现代都市生活成为东部文学的重要题材。东部地区拥有中国最大城市，如北京、上海、广州等，这些城市的生活方式和节奏常常成为文学作品的背景。作家经常通过对城市生活的描写，表现人物在现代都市中的生活、工作和情感经历。

第二，商业繁荣也是东部文学的一个突出主题。东部地区的大城市通常是商业中心，各种商业活动如国际贸易、金融业、科技创新等都在这里蓬勃发展。文学作品经常通过商业故事和商业精英人物来探讨商业繁荣对社会和个体的影响。

第三，城市化带来的社会变革是东部文学中的常见元素。随着城市化进程的推进，东部地区的城市不断扩大，城市与农村之间的差异逐渐减小。文学作品中常常表现人们从农村迁往城市的经历，以及这一过程中社会、家庭和个体生活发生的变化。

第四，东部文学也探讨了城市中的人际关系和社会问题。城市生活中的人际关系更加复杂，竞争激烈，文学作品通常通过对人物的关系、情感纠葛和社会问题的反映，呈现出现代城市生活的多样性和挑战。

总的来说，东部地区的经济繁荣和城市化为文学提供了丰富多彩的题材，作家通过不同的视角和故事情节，探讨了城市生活的方方面面，从而展现出这一地区的独特文化风貌。这些文学作品为读者提供了深入了解东部地区的机会，同时也反映了中国社会的发展和变革。

二、江南水乡题材

首先，江南水乡的自然美丽是文学作品的常见描写对象。江南地区拥有丰富的水资源，包括河流、湖泊和小桥流水。作家们通过细腻的叙述和描写，展现出江南水乡如画的景致。这些描写常常包括河畔的垂柳、小桥流水、古老的村落和田园风光，营造出宁静、柔情、宜人的氛围，使读者仿佛置身于这一美丽的自然景观之中。

其次，江南水乡的生活方式是文学作品的重要元素。江南地区的水乡文化深刻影响着当地人的生活方式。作家经常通过对水乡生活的描写来表现人物的日常生活，如舟楫的交通、渔猎的生计、水乡的民风等。这些生活方式的描写使作品更加生动和具体。

再次，江南水乡的历史文化遗产是文学作品中的常见主题。江南地区拥有丰富的历史文化遗产，包括古老的建筑、传统工艺、戏曲艺术等。作家经常通过对这些遗产的描写，来反映传统文化的传承和当地文化的多样性。这有助于读者更好地了解江南水乡的文化底蕴。

最后，江南水乡的人物与故事情节常常成为文学作品的核心。水乡地区的人物形象通常具有浓厚的地方特色，如渔夫、船工、村民等。他们的生活和情感经历成为文学作品的故事情节，通过这些角色，作家能够传达更多的文化信息和人际关系。

总的来说，江南水乡题材在东部文学中扮演着重要的角色，它展现了东部地区的自然美丽、生活方式、历史文化和人物故事，丰富了文学作品的内涵，也为读者提供了了解这一地区的窗口。这些文学作品反映了江南水乡的独特魅力，也为文学艺术作出了重要贡献。

三、商业文化和现代生活

（一）都市生活的描写

东部地区的主要城市，包括纽约、波士顿和费城，一直以来都扮演着商业中心的角色。这些城市代表着现代化、繁荣、文化多样性和社会多层次性，这一特点也常常在东部文学作品中得以体现。在这些文学作品中，都市生活的描写占据了重要地位，因为它们反映了现代社会的许多方面，从商业节奏到生活的种种变迁。

东部文学作品描写的都市生活常常以繁忙的商业节奏为背景。这些城市是全球商业和金融的核心，每天数以百万计的人们穿梭于高楼大厦之间，参与着商业交易、金融活动和创新产业。作品中常常强调时间的宝贵，人们为了工作、生活和追求梦想而不断奔波。这种商业节奏带来了高度的竞争和压力，同时，也为个人提供了机遇和挑战。高楼大厦是东部城市天际线的标志，它们的雄伟和壮观也是文学作品中的一个重要元素。这些摩天大楼不仅象征着商业繁荣，还呈现出现代建筑和工程技术的壮丽成就。作家们常常通过描写这些建筑来表现现代社会的力量、野心和创新。

交通拥堵是现代都市生活中的常见问题，东部文学中也有描写。城市交通拥堵不仅使人们在拥挤的街道上花费大量时间，还对城市环境和生活质量产生了负面影响。文学作品中的交通拥堵反映了城市规划、基础设施和社会流动性等方面的挑战，同时也让读者深刻体验到了现代都市生活的复杂性。东部文学也关注都市生活的日常节奏。包括人们的工作、家庭、社交和娱乐。城市生活的多样性体现在各种文化、饮食、娱乐活动和社会互动中。作品中经常出现的人物可能是白领职员、创业者、移民工人、艺术家或其他各行各业的人。这种多样性反映了城市的包容性和文化交融，同时也让作品更加丰富多彩。

东部文学作品对都市生活的描写提供了深刻的洞察，将读者带入了现代都市的喧嚣与忙碌之中。这些作品捕捉到了城市的商业活力、建筑壮丽、交通问题以及生活的多元性，使人们更好地了解了东部地区的商业文化和现代生活的丰富多彩面貌。

（二）商业文化与梦想追求

东部文学作品常常成为追求商业成功、财富和成就的故事舞台。这些作品通过角色的梦想和野心，以及他们在商业文化中的努力和挫折，深刻地反映了现代都市生活中的商业文化与梦想追求之间的紧密联系。以下是一些关于这方面的丰富内容：

东部文学作品常常探讨年轻人初入职场的梦想和野心。这些年轻人通常怀揣着追求更好生活的愿望，他们努力在竞争激烈的商业环境中站稳脚跟。这些作品展示了他们在新的职业生涯中所面临的挑战，包括学习、适应公司文化、建立职业网络等方面的努力。这些年轻人的经历代表了初入职场的群体，为他们的梦想奋斗的故事鼓舞了其他人。

另一方面，东部文学也经常刻画企业家和创业者，他们怀有远大的愿景，愿意冒险创办新企业或投身创新领域。这些故事突出了商业文化中的创新和冒险精神。创业者通常需要克服巨大的困难，包括资金问题、市场竞争和商业风险，但他们对实现自己的愿景坚定不移。这些作品强调了创业者的决心和毅力，同时也展示了商业成功的可能性。

东部文学还常常讨论人们对财富和物质成就的渴望。一些角色可能以财富为终极目标，他们投身金融、房地产、科技等领域，希望通过商业成功来实现财务独立。这些故事反映了社会对经济繁荣的渴望，以及通过商业活动来追求更好生活的动力。

同时，这些作品也不忽视商业文化中的挫折和失败。商业世界充满了风险，成功并非总是能够轻松实现的。许多故事中的角色可能会经历失败、破产或职业挫折，但他们也会从中吸取教训，重新出发，表现出坚韧和决心。这些反面经历提供了平衡，让作品更加真实和感人。

（三）社会变革和文化冲突

东部文学作品深刻地反映了社会变革和文化冲突，这些变革和冲突通常发生在商业背景下。这反映了东部地区作为一个多元文化的社会，经历了各种社会和文化变化，而商业文化常常成为这些冲突的背景和催化剂。

东部文学作品关注不同文化之间的碰撞和融合。多元文化的交织使东部城市成为文化多样性的代表。作品中经常描绘了不同文化之间的互动和摩擦，以及他们如何在商业环境中相互影响。这些文化交流和对话丰富了城市生活，同时也带来了文化冲突和调和的挑战。

文化冲突的另一个方面是性别平等和性别角色的转变。东部文学也经常关注女性在商业领域的角色和挑战。作品中的女性角色可能面临性别歧视、职业生涯的平衡问题以及性别角色的传统期望等挑战。这些作品强调了女性在商业领域中的坚韧和勇气，同时也表现了性别平等的重要性。

东部文学通过深入探讨社会变革和文化冲突，使读者更好地理解了这一地区的多元文化特点。这些作品突出了如何在商业决策和日常生活中寻求和解和共存。通过这些故事，东部文学为社会对话提供了有价值的洞察和启发。

（四）技术和数字时代的影响

东部地区一直以来都在科技和数字创新的前沿，这使得东部文学作品不仅反映了这一地区的商业文化，还探讨了技术和数字时代对现代生活和商业文化的深远影响。以下是有关技术和数字时代影响的一些丰富内容：

互联网的兴起是东部文学中的一个重要主题。互联网改变了商业环境，使得信息流通更加迅速，市场更加全球化，商业模式更加创新。文学作品通常反映了互联网的双刃剑效应，一方面提供了创业机会和数字化经济的繁荣，另一方面引发了隐私、安全和数据滥用等问题。作品中的角色可能是互联网创业者，也可能是消费者，他们与互联网的互动成为故事的关键元素。

社交媒体的普及也在文学作品中得到广泛探讨。社交媒体改变了人们的社交方式，同时，也对商业广告和品牌推广产生了深远影响。东部文学作品可能描述了人们如何通过社交媒体建立联系、传播信息，或者是如何受到社交媒体上的虚拟世界影响，包括社会排斥、焦虑和心理健康问题。

创业是东部地区文学中的一个重要主题，与数字时代密切相关。创业者经常成为文学作品中的主要角色，他们抱有创新的愿景，努力在科技、互联网或其他领域中建立自己的企业。创业者的故事不仅反映了商业文化中的创新精神，还突出了风险、挫折和成功的旅程。

虚拟现实和人工智能也是文学作品中的热门话题。这些技术正在改变着教育、娱乐、医疗保健和其他领域，作品中的角色可能会探索虚拟现实世界，或者与人工智能交互，反映了这些新兴技术对现代生活的潜在影响。

东部文学还反映了数字时代对个人隐私和安全的挑战。随着数据的大规模收集和分析，个人隐私变得更加脆弱，文学作品可能探讨了这些问题，包括个人数据泄漏、网络犯罪和监视问题。东部文学通过反映技术和数字时代的影响，为读者呈现了现代生活和商业文化的新面貌。这些作品探讨了互联网、社交媒体、创业、虚拟现实和人工智能等主题，突出了技术革新对商业和社会的革命性改变，同时，也关注了伦理、隐私和安全等方面的问题。通过这些故事，东部文学为人们思考和理解数字时代的复杂性提供了深刻的洞察。

第四章　中国现当代文学的国际传播

第一节　文学翻译与跨文化交流

一、文学翻译的重要性

文学翻译的重要性在中国现当代文学国际传播中不可低估，它扮演着桥梁的角色，将中国文学作品引入国际舞台，使其能够跨越语言障碍，被世界各地的读者阅读和欣赏。

文学翻译实现了文学作品的国际化。中国的文学作品，尤其是小说、诗歌和戏剧，通常是用汉语写成的。然而，这种语言限制了作品的受众范围，因为不是每个人都能阅读汉语。文学翻译通过将作品翻译成其他语言，使其可以被更广泛的国际读者阅读。这不仅有助于推广中国文学，还促进了文化交流和相互理解。

文学翻译拓宽了文学作品的传播途径。国际翻译使文学作品能够出现在世界各地的书店、图书馆和在线平台。这为中国作家提供了更多机会，让作品能够进入国际市场，被更多读者发现。文学作品的传播途径的多样性有助于提升作品的知名度和影响力。

文学翻译还有助于文学作品的文化传递。文学作品通常承载着作者的文化、历史和价值观。通过翻译，这些文化元素可以传递到其他国家和文化中，帮助国际读者更好地了解中国的文化和社会。这种文化传递不仅有助于文学作品的传播，还有助于促进跨文化的互动和尊重。

文学翻译也提供了一个跨文化的平台，促进了文学界的合作。翻译者通常需要深入了解原作的文化和语言，要求他们与作家合作，讨论作品的细节和含义。这种合作有助于文学创作的共同发展，推动了国际文学界的跨文化交流。

文学翻译有助于弥合不同文化之间的理解和互动。文学作品常常涵盖了丰富的人生经验和情感，这些是跨文化的，能够引起国际读者的共鸣。通过文学翻译，读者可以分享和理解彼此的故事，建立更紧密的文化联系。

综上所述，文学翻译是中国现当代文学国际传播的不可或缺的一部分。它为中国文学作品提供了国际传播的机会，使中国作家的声音能够被世界听到。文学翻译不仅拓宽了文学作品的受众范围，还促进了文化交流和跨文化的互动，有助于世界各国之间的相互理解和尊重。通过文学翻译，中国现当代文学才能得以在国际文坛上占据一席之地，传递着丰富的文化信息和人文精神。

二、翻译质量的关键

文学翻译的质量是确保原作的文化特色和情感得以忠实传达的关键要素。一个出色的翻译，不仅可以使文学作品在目标语言中流畅地传达，还能够保留原作的精髓、文化特色和情感，以便读者更好地理解中国文学。

语言的准确性是翻译质量的核心。一个出色的文学翻译应该准确无误地传达原作的语言信息。包括正确理解和翻译原作的词汇、语法、句子结构和语言特点。语言的准确性确保了作品在目标语言中的可读性和连贯性。文化适应性是翻译质量的关键。每个文化都有其独特的背景、价值观和传统，因此，翻译必须考虑目标文化的特点。文学作品通常反映了原作文化的重要元素，如习惯、信仰、风俗和历史事件。翻译者必须了解这些元素，并确保它们在目标语言中得以传达，同时，也要确保文学作品在目标文化中合乎接受。

情感和情感的传达也是文学翻译的一个关键要素。文学作品通常包含丰富的情感和情感元素，如爱、悲伤、幽默、愤怒等。翻译必须能够传达原作中的情感，并在目标语言中引起相似的情感反应。这需要翻译者具备深刻的文学理解和敏锐的情感表达能力。

风格和文学性是另一个重要方面。每位作家都有其独特的文学风格，这在原作中是鲜明可见的。翻译必须努力保留原作的文学风格，以便读者能够欣赏到原作的艺术性和作者的独特特点。这需要翻译者具备文学分析和文学创作方面的专业知识。

文学翻译还需要注意文学作品的结构和形式。文学作品具有复杂的结构，如时间线、叙述视角、对话和象征性元素。翻译者必须在目标语言中保留这些结构和形式，以确保作品的完整性和艺术性。

审校和反复修订是确保翻译质量的关键。翻译者必须反复检查和完善翻译，以确保准确性、文化适应性、情感传达、文学性和结构的完整性。这需要时间和专注，以确保翻译质量最终达到最高水准。文学翻译的质量至关重要，因为它影响了读者对原作的理解和体验。良好的翻译能够保留原作的文化特色和情感，使读者更好地接触和理解中国文学。它不仅是文学跨文化传播的关键，也是文学作品在国际舞台上获得认可的先决条件。文学翻译者必须在语言、文化、情感、风格和结构等多个层面上追求卓越，以确保翻译质量的最终得以提高。

三、文化适应性

文化适应性在文学翻译中是至关重要的，它要求翻译者不仅理解原作的文化特点，还需要考虑目标文化的特点，确保文学作品能够适应不同文化的读者，避免文化差异引起的误解。

（一）文学作品是文化的载体

文学作品通常反映了作者所处文化的价值观、传统、历史和社会环境。这些文化元素贯穿于作品的各个方面，包括对话、描述、情感和主题。因此，在文学翻译时，翻译者必须意识到文学作品不仅仅是语言的转换，还包括文化信息的传递。

（二）考虑目标文化的特点

文学翻译要求翻译者深入了解目标文化的特点。包括目标文化的语言使用习惯、文化价值观、宗教信仰、历史事件等。只有深刻理解目标文化，翻译者才能在翻译过程中作出适当的调整，以确保作品在目标文化中具有可接受性。

（三）避免文化误解

文化差异可能导致文学作品在翻译过程中发生误解。这种误解可能包括情感、习惯、象征性元素等方面。为了避免发生这种情况，翻译者需要深入思考原作的文化内涵，并在目标文化中找到相似或等效的元素。

（四）文化的丰富性

文化适应性也有助于丰富文学作品的内涵。通过将原作的文化元素融入目标文化，翻译者可以丰富作品，使其更具深度和复杂性。这有助于吸引不同文化背景的读者，并且使作品更有吸引力。

（五）尊重原作和目标文化

文学翻译需要平衡对原作和目标文化的尊重。翻译者必须尊重原作的创作意图，同时，也要确保作品在目标文化中能够引起共鸣。这需要翻译者具备文学分析和文化敏感性。

（六）文学作品的传播

文学翻译的文化适应性有助于文学作品在国际市场的传播。它使作品能够适应不同国家和文化的读者，吸引更广泛的读者群体。文学作品的传播不仅是文学翻译的目标，也是文学的跨文化传播的核心。

文化适应性是文学翻译不可或缺的一部分。它要求翻译者在语言转换的基础上，还要深入理解文学作品的文化内涵，并在目标文化中找到合适的表达方式。通过文化适应性，文学作品能够在不同文化背景中传达其深层意义，促进了文学的跨文化传播和理解。这有助于中国文学作品在国际文坛上占据一席之地，使读者更好地理解和欣赏中国文学。

四、跨文化交流

跨文化交流在文学领域是非常重要且丰富多彩的。它不仅包括文学作品的翻译，还涵盖了中国作家与国际作家的互动、文学节目的组织以及中国文学在国际文学界的互动。这种交流为文学的跨文化传播和理解提供了多种机会和渠道，推动了文学的全球化和丰富性。

首先，中国作家与国际作家的互动是跨文化交流的关键。中国的文学界积极邀请国际作家来中国进行访问、演讲和合作。这种互动使中国作家和国际作家能够相互了解和合作，分享文学创作的经验和见解。这种互动不仅有助于文学作品的传播，还促进了文学创作的共同发展。

文学节目的组织是推动文学跨文化交流的有力工具。中国定期举办国际文学节、文学研讨会和文学展览，邀请国际作家和文学评论家参与。这些节目为国际读者提供了了解中国文学的机会，同时也使中国文学与世界其他文学产生联系。文学节目的组织有助于文学作品的全球传播，同时也提高了中国文学在国际文学界的声誉。

文学作品的互动和交流也有助于引入国际元素。中国作家通过与国际作家的合作和互动，能够接触到不同文化的思想、风格和题材。这种互动丰富了中国文学的多样性，为作家提供了新的灵感和视角。

文学作品的互动也有助于建立文学的跨文化桥梁。中国文学作品包含了丰富的文化元素，这些元素在国际读者中可能不太熟悉。通过与国际作家和评论家的互动，中国文学作品的文化内涵得以解释和传达，有助于国际读者更好地理解和欣赏中国文学。

中国文学在国际文学界的互动有助于推动文学的跨文化传播。中国文学的国际影响力逐渐增强，它吸引了越来越多的国际读者和文学评论家的关注。中国文学与其他文学传统的互动有助于文学作品的相互影响，丰富了文学的全球化。

第二节 作家国际影响力

一、作家的国际巡讲和合作

中国作家在国际文学舞台上积极参与国际文学活动，包括参加国际文学节、文学研讨会，与国际作家合作等，这些活动促进了文学作品的国际传播，加强了文学界的跨文化交流和合作。以下是有关中国作家的国际巡讲和合作的丰富内容：

（一）参加国际文学节

中国作家经常受邀参加国际文学节，文学节，聚集了来自不同国家的作家和文学爱好者。中国作家在这些文学节上分享自己的作品、见解和文学经验，与国际读者互动，促进了文学作品的国际传播。这些文学节为国际读者提供了了解中国文学的机会，也使中国作家更好地了解国际文学趋势和多样性。

（二）参与文学研讨会和讲座

中国作家积极参与国际文学研讨会和讲座，与国际文学评论家、学者和其他作家一起探讨文学主题和趋势。这种参与有助于加深中国作家对国际文学的了解，同时，也促进了文学界的跨文化交流和合作。中国作家的观点和见解得以在国际舞台上广泛传播，为文学领域的全球化提供了宝贵的贡献。

（三）与国际作家合作

中国作家与国际作家的合作不仅包括文学创作，还涉及文学项目和文学活动的合作。合作可以包括共同创作文学作品、参与国际文学项目、共同组织文学活动等。这种合作不仅有助于将中国文学带到国际舞台上，还有助于中国作家与国际文学界建立紧密的联系，推动文学的跨文化交流和合作。

（四）推广中国文学和文化

中国作家在国际舞台上不仅代表自己的文学，还代表中国文化。他们通过巡回演讲、合作项目和文学活动，向国际读者介绍中国文学、历史和文化。这有助于国际读者更好地了解中国，同时，也为中国文学的国际传播提供了更多的背景信息。

（五）促进跨文化理解

中国作家的国际巡讲和合作有助于促进跨文化理解。通过与国际作家和读者的互动，中国作家能够传达中国文学的独特之处，同时，也了解其他国家文学的独特性。这种相互理解有助于减少文化差异引起的误解，促进了文学界的全球化和多样性。

总之，中国作家的国际巡讲和合作是文学界跨文化交流和合作的重要组成部分。他们积极参与国际文学活动，与国际作家合作，推动了文学作品的国际传播，加强了文学界的跨文化交流，促进了文学的全球化和多样性。这一过程不仅使中国文学在国际文坛上占有重要地位，也为国际读者提供了更多了解中国文学和文化的机会。通过这些国际巡讲和合作，文学将继续成为不同文化之间的桥梁，促进跨文化理解和尊重。

二、文学作品的主题与国际共鸣

一些中国作家的作品不仅在国内引起广泛关注，还在国际舞台上赢得了读者的共鸣。这些作品探讨了一系列国际性的主题，如人权、环境问题、社会变革等，引起了国际读者的关注和共鸣。

中国作家的一些作品深刻地探讨了人权问题，引发了国际读者对这一议题的关注。

中国作家的一些作品关注了环境问题，如污染、气候变化和自然灾害。这些作品反映了全球性的环境挑战，引起了国际读者对环保和可持续发展的关注。中国作家的作品有助于国际社会更好地理解和应对环境问题，促进了国际合作和行动。

中国社会的快速变革在一些作家的作品中得到了深刻的反映。这些作品涉及社会问题、阶层差距、城市化和文化冲突等主题，这些问题不仅在我国，也在全球范围内存在。因此，中国作家的作品引起了国际读者对社会变革和全球化的思考。

一些中国作家通过作品展示了中国悠久的历史和丰富的文化传统。这些作品引起了国际读者对中国文化的兴趣和探索，促进了文化交流和理解。中国作家的作品有助于消除国际社会对中国的误解，建立更紧密的文化联系。

一些中国作家的作品强调人际关系和情感，这些主题是普遍的，超越了文化和国界。中国作家的作品深刻地描绘了人类情感、家庭关系和友情，引起了国际读者的共鸣，使他们更好地理解人类情感的复杂性和普遍性。

中国作家的作品涵盖了丰富多彩的主题，其中有些是全球性的问题，引发了国际读者的共鸣。这些作品不仅帮助国际读者更好地了解中国，还为国际社会提供了更多思考和讨论的话题。通过文学作品，中国文学成为国际文学界的一部分，促进了跨文化交流、合作和共鸣，为全球文学的丰富多彩贡献了独特的声音。这一过程将继续推动中国文学在国际文坛上占有重要地位，加强了国际社会的文化交流和互动。

第三节　国际文学奖项与展览

一、国际文学奖项的重要性

国际文学奖项的重要性在于它们不仅是对作家个人的认可，也是对一个国家文学发展水平的体现。对于中国作家来说，获得国际文学奖项如诺贝尔文学奖、布克奖等，意味着更多的国际认可和关注，这对中国文学的国际传播和国际声誉产生了积极的影响。

国际文学奖项是文学成就的象征。诺贝尔文学奖是世界上最高荣誉的文学奖项之一，颁发给对文学作出杰出贡献的作家，具有极高的威望。中国作家获得这样的奖项，代表着其文学才华和创作成就得到了国际界的认可。这种认可不仅仅是对个人的奖励，也是对整个国家文学水平的认可，显示了中国文学在国际上的影响力和地位。

国际文学奖项提高了中国文学的国际声誉。当中国作家获得国际文学奖项时，这不仅仅是一种荣誉，更是中国文学在国际舞台上的一次展示。获奖作品被翻译成多种语言，传播到世界各地，吸引了更多国际读者的关注。这种国际传播加深了外界对中国文学的了解，拓宽了中国文学的国际影响范围，也促进了中国文学与世界其他文学体系的交流与融合。

国际文学奖项对中国文学的内部激励作用不容忽视。当中国作家获得国际奖项时，不仅仅是对其个人创作的认可，也是对中国文学创作环境的认可。这样的认可鼓舞了更多的中国作家，激发了他们更多的创作热情，推动了中国文学的繁荣和创新。

国际文学奖项的重要性在于它不仅是对作家的奖励，更是对一个国家文学实力的认可，具有重要的象征意义。通过这些奖项，中国作家的作品得以更广泛地传播，中国文学在国际上的声誉不断提高，也为世界文学的多样性和丰富性贡献了中国的力量。因此，国际文学奖项的影响不仅止于奖项本身，更是对整个文学界的激励与启示。

二、国际文学展览的展示作用

国际文学展览在中国文学作品的国际传播中扮演着重要的角色，它为中国作家提供了展示作品的机会，促进了文学作品的国际传播，同时也为国际读者提供了更多了解中国文学的途径。

（一）提供文学作品的展示平台

国际文学展览是将文学作品呈现给国际观众的平台。中国作家的小说、诗歌、散文等作品可以在展览中以不同形式展示，包括书籍、手稿、文学艺术品等。这种展示有助于国际读者更好地了解中国文学；同时也为中国作家提供了一个展示作品的机会。

（二）促进文学作品的翻译与出版

国际文学展览通常吸引了不同国家的出版商、文学代理人和翻译家。中国作家的作品可以通过展览获得国际出版的机会，被翻译成多种语言，并在国际市场上推广。这有助于中国文学作品走向世界，扩大了作品的国际传播范围。

（三）促进文学交流与合作

国际文学展览汇聚了世界各地的文学爱好者、作家、评论家和学者。这种展览不仅为中国作家提供了与国际文学界互动的机会，也为国际文学界提供了了解中国文学的机会。在展览期间，作家、翻译家和评论家可以进行讨论、演讲和合作项目，促进了文学界的跨文化交流与合作。

（四）传播文学的文化和历史背景

国际文学展览通常不仅展示文学作品，还呈现了文学的文化和历史背景。这有助于国际读者更好地理解中国文学作品的语境和文化内涵。通过展览中的背景信息、文化展示和讲座，国际读者可以深入了解中国文学的多样性和丰富性。

（五）吸引国际读者的兴趣

国际文学展览通常吸引了大量的国际读者和文学爱好者。这些读者有机会接触中国文学作品，了解中国作家的思想和创作。这种亲身体验有助于激发国际读者对中国文学的兴趣，促进了对中国文学的深入了解。

总的来说，国际文学展览为中国文学作品提供了展示和传播的机会，促进了文学作品的国际传播和认可。这些展览不仅有助于中国作家的作品走向世界，也为国际读者提供了更多了解中国文学的途径。通过展览，中国文学得以更广泛地传播，国际文学界和中国文学界之间的交流合作不断深化，文学的全球化和多样性得以推动。展览不仅仅是一次文学作品的展示，更是文学界跨文化交流的桥梁，为文学的国际传播提供了有力的支持。

三、作品的国际传播

国际文学奖项和展览作为文学作品的重要推动力，在加强中国文学作品的国际传播方面发挥着关键作用。通过这些平台，中国文学作品得以被更多国家和地区翻译和传播，增强了文学作品的国际传播力，促进了文学的全球化和多样性。

国际文学展览是作品面向世界展示的窗口。在展览中，中国文学作品得以在国际舞台上展现，与其他国家的文学作品进行对话。展览不仅提供了一个促进国际版权交易的平台，也为作品的海外发行创造了有利条件。通过展览，作品的版权销售和翻译合作得以推动，促进了作品在国际市场上的传播。

国际文学奖项和展览也为中国作家提供了更多的创作机会。奖项的获得通常使得作家在国际文学舞台上备受瞩目，为其未来的创作提供了更多的资源和支持。作品在展览中的展示，也为作家提供了与其他国际作家、评论家、出版商进行交流与合作的机会。这种创作机会的扩大，促使了更多优秀作品的涌现，也为中国文学的创新和繁荣注入了活力。

国际文学奖项和展览也助力于中国文学更好地参与全球文学体系。通过这些国际性的平台，中国文学得以在世界文学中发声，为世界文学的多元性贡献独特视角和声音。这种参与全球文学的机会，使中国文学在国际舞台上逐渐占有一席之地，增强了文学的国际影响力。

国际文学奖项和展览不仅是对作家创作的认可，更是中国文学向世界传递声音、文化和价值观的载体。它们拓宽了中国文学作品的国际传播途径，促进了文学的跨文化交流，为文学的全球化和多样性贡献了中国的力量。通过这些机会，中国文学作品得以更广泛地传播，国际文学界和中国文学界之间的交流合作不断深化，文学的全球化和多样性得以推进，世界读者都有机会深入了解中国文学，进一步促进了文化的多元共存。

四、中国文学的国际影响

国际文学奖项和展览的举办在提升中国文学在国际文坛中的地位方面发挥着重要作用，也有助于增加中国文学作品的国际传播。

国际文学奖项的获得提高了中国文学在国际文坛中的可见度和声誉。获得国际文学奖项如诺贝尔文学奖，被认为是文学创作者的最高荣誉之一，需要在文学领域具有卓越的成就和影响力。中国作家获得这些奖项，使他们的作品和中国文学在国际上备受瞩目，为中国文学在国际文坛中赢得了崭露头角的机会。

国际文学展览是中国文学作品国际传播的关键平台。这些展览为中国文学作品提供了展示的机会，使其能够在国际舞台上展现。在展览中，中国文学作品与其他国家的文学作品并列展示，促进了文学的跨文化交流与对话。展览吸引了国际读者、文学爱好者、出版商、翻译家等参与，为中国文学的国际传播提供了更多机会。

国际文学奖项和展览有助于中国文学作品的跨文化传播和翻译。获得国际文学奖项的作品会被翻译成多种语言，并在世界各地的出版市场上推广。这种跨文化的传播，使中国文学作品更容易被国际读者理解和接受，也促进了文学的全球化。展览为作品的版权销售和翻译合作创造了有利条件，进一步拓宽了作品的国际传播途径。

国际文学奖项和展览也推动了中国文学作家的创作活力。获奖作家通常会受到更多关注，为他们提供了更多资源和支持，鼓励他们在创作中不断探索和创新。展览的举办也为中国作家提供了与国际作家、评论家、翻译家等进行交流与合作的机会，有助于文学界的跨文化交流与合作，促进了文学作品的多样性和丰富性。

国际文学奖项和展览也有助于中国文学更好地融入全球文学体系。通过这些国际性的平台，中国文学得以在世界文学中发声，为世界文学的多元性贡献了中国力量。中国文学的国际影响力逐渐增强，在全球文学舞台上占有一席之地，增进了各国读者对中国文学的了解，也促进了文学的多元共存。

国际文学奖项和展览通过提高中国文学在国际文坛中的地位，促进了中国文学作品的国际传播。这些活动不仅仅是对作家和作品的奖励，更是中国文学对全球文学领域的独特贡献。国际文学奖项和展览为文学的国际传播提供了有力的支持，使中国文学在世界文学史上留下浓墨重彩的一笔。

第四节　跨国合作与文学节

一、作家之间的合作

作家之间的合作是文学界中的一种重要现象，它在中国文学国际传播中发挥了关键作用。中国作家与国际作家之间的合作，不仅促进了文学作品的互相理解和交流，还为文学的跨文化交流搭建了桥梁。

作家之间的合作有助于不同文学传统之间的互相理解。文学是一种反映文化、价值观和思想的媒介，不同国家和地区的文学传统往往有着独特的特点。通过合作，中国作家有机会深入了解其他国家的文学传统，而国际作家也能更好地了解中国文学的历史和背景。这种互相了解有助于打破文化隔阂，促进文学界的跨文化交流。

作家之间的合作为文学作品的翻译提供了更多机会。合作项目通常包括共同的创作、讨论和交流，有助于作品的互译。国际作家合作项目通常会涉及翻译，这意味着中国作家的作品有机会被翻译成其他语言，并在国际市场上推广。这种合作扩大了文学作品的国际传播渠道，使更多国际读者能够接触和理解中国文学。

作家之间的合作促进了文学界的跨文化对话。合作项目通常包括文学研讨会、文学节目和创作工作坊等活动。这些活动为作家提供了互相交流和分享创作经验的机会。在对话中，不同国家和地区的作家可以探讨文学的主题、创作技巧、文学市场等各种话题。这种跨文化对话丰富了文学界的思想和观点，促进了文学的创新和多样性。

作家之间的合作也有助于文学的国际传播和推广。合作项目通常会吸引文学爱好者、读者、评论家和出版商的关注。这些合作活动往往成为文学界的重要事件，吸引大量关注。通过媒体报道和社交媒体的传播，合作项目的信息可以传播到全球，使更多人了解中国文学和中国作家的作品。

作家之间的合作也为文学作品的多样性和丰富性贡献了力量。不同国家和地区的作家通常有不同的文学风格和主题偏好。通过合作，这些不同的风格和主题得以融合，创造出更为丰富多彩的文学作品。这种多样性使文学更具吸引力，吸引了更广泛的读者。

作家之间的合作是文学界的一种重要现象，它为中国文学的国际传播提供了有力的支持。通过合作，不同国家和地区的作家可以互相学习、互相启发，促进文学的跨文化交流。合作也为文学作品的翻译和传播提供了机会，拓宽了文学的国际影响范围。最重要的是，合作促进了文学界的多样性和丰富性，使文学更富有活力和创新。通过合作，中国文学与世界其他文学体系之间的交流不断深化，为文学的全球化和多样性作出了积极的贡献。

二、国际文学节的重要性

国际文学节是中国文学国际传播的重要平台，它在提升中国文学在国际文坛中的地位、吸引国际读者和文学爱好者的关注，促进文学作品的国际传播等方面发挥着关键作用。以下是关于国际文学节的重要性的丰富内容：

国际文学节为中国文学提供了一个展示的机会。在国际文学节上，中国文学作家和作品得以在国际舞台上展示。这些节日通常吸引了国际媒体的关注，各种文学作品、创作者的访谈和文学活动成为焦点。中国文学通过这些展示有机会让更多国际读者得以了解，这对于提升中国文学在国际文坛中的知名度和地位至关重要。

国际文学节促进了文学作品的国际传播。这些节日吸引了来自不同国家和地区的作家、翻译家、评论家和出版商的参与，促进了文学作品的跨文化传播和翻译。作品的版权销售和翻译合作往往在国际文学节上达成，使文学作品更容易被翻译成其他语言，并在国际市场上推广。这种传播有助于增加作品的国际读者群体，使中国文学更加全球化。

国际文学节为文学作家提供了一个交流合作的平台。这些节日通常包括文学研讨会、文学工作坊和创作讲座等活动，来自不同国家和地区的作家能够互相交流、分享创作经验和思想。这种跨文化的对话有助于拓宽作家们的视野，促进文学的创新和多样性。

国际文学节也吸引了大量文学爱好者和读者的关注。这些节日通常包括公开的文学活动、读书会、座谈会和签名会等，吸引了大量观众的参与。国际文学节不仅为作家提供了与读者互动的机会，也使读者更深入地了解中国文学和中国作家的作品。这种互动有助于建立作家与读者之间的联系，促进了文学的传播和传承。

国际文学节也有助于中国文学更好地融入全球文学体系。通过这些国际性的平台，中国文学得以在世界文学中发声，为世界文学的多元性贡献了中国力量。中国文学在国际文学节中的参与不仅拓宽了文学的国际影响范围，也促进了各国文学体系之间的交流与合作，为文学的全球化和多样性作出了积极贡献。

国际文学节是中国文学国际传播的重要平台，它通过展示中国文学、促进文学作品的国际传播、促进作家之间的合作和对话、吸引国际读者和文学爱好者的关注等方式，为中国文学在国际文坛中的地位提供了有力支持。这些活动不仅有助于中国文学的国际传播，也为文学的全球化和多样性作出了积极贡献，使中国文学在全球文学舞台上崭露头角。

三、跨国文学组织

跨国文学组织和文学基金会在中国文学国际传播中发挥着至关重要的作用。

它们通过促进作家之间的合作和交流，支持文学活动和项目，推动中国文学的国际传播，为中国文学走向世界创造了更多机会。

跨国文学组织和文学基金会为作家提供了国际交流和合作的平台。它们通常组织文学活动、创作工作坊和文学节目，使作家能够与来自不同国家和地区的作家互相交流和合作。这种跨文化的合作有助于作家深入了解其他国家的文学传统，拓宽了他们的创作视野。作家之间的交流不仅促进了文学的创新，还有助于消除文化隔阂，促进了文学的跨文化交流。

这些组织和基金会支持文学作品的翻译和出版。它们通常提供资金和资源，帮助中国文学作品被翻译成其他语言，并在国际市场上推广。通过这些支持，中国文学作品得以更广泛地传播，吸引了更多国际读者的关注。这种跨文化的传播有助于增加作品的国际读者群体，使中国文学更加全球化。

跨国文学组织和文学基金会也支持文学节目和文学奖项。它们通常举办文学节目、文学研讨会和文学奖项，为文学作品的展示和奖励提供平台。这些节日和奖项吸引了国际媒体、文学爱好者、出版商和翻译家的关注，促进了文学作品的国际传播。奖项的设立也鼓励了作家的创作活力，提高了文学的质量和影响力。

跨国文学组织和文学基金会在文学教育和创作支持方面发挥了积极作用。它们通常提供文学工作坊、写作课程和创作资助，帮助作家不断提升创作技巧和专业水平。这种支持有助于培养新一代的文学作家，促进了文学的持续发展。这些组织和基金会也支持文学研究和文学交流。它们通常提供资源和机会，使学者和研究人员能够深入探讨中国文学的各个方面，促进文学研究的国际合作和交流。这有助于扩大文学的研究领域，使文学更加多元化和丰富。

跨国文学组织和文学基金会在中国文学国际传播中发挥着至关重要的作用。它们通过促进作家之间的合作和交流、支持文学活动和项目、推动文学作品的翻译和出版，为中国文学走向世界创造了更多机会。它们通过各种方式，为文学的全球化和多样性作出了积极的贡献，使中国文学在全球文学舞台上崭露头角。通过它们的支持，中国文学得以更广泛地传播，与世界其他文学体系的交流不断深化，文学的全球影响力逐渐增强。

四、文学节的多元性

文学节的多元性是中国文学国际传播中的一项重要策略。这种多元性有助于向国际读者展示中国文学的多样性和丰富性，拓宽了国际读者对中国文学的认知。

文学节的多元性体现在各种文学主题的探讨上。中国文学节通常包括各种主题的活动，涵盖了不同文学风格、流派和主题的作品。这些主题可以涵盖从古典文学到现代文学，从文学经典到当代社会问题的各个方面。通过多元的主题，国际读者可以更全面地了解中国文学的多样性，认识到中国文学不仅有着丰富的传统，还积极参与了当代社会和文化的探讨。

文学节的多元性体现在文学活动的形式和内容上。中国文学节通常包括文学讲座、座谈会、创作工作坊、朗诵会、戏剧表演和电影放映等各种形式的文学活动。这些活动不仅有利于展示文学作品的多样性，还有助于吸引不同类型的观众。不同形式的活动可以满足不同读者的兴趣和需求，使文学节更具吸引力。

文学节的多元性还体现在参与的作家和文学从业者的多样性上。中国文学节通常邀请来自不同国家和地区的作家、诗人、小说家、文学评论家、翻译家和出版商参与，形成了国际性的文学交流和合作。这种多元性使国际读者能够接触到不同文化背景和文学传统的作家，了解不同国家和地区的文学风格和创作思路。这有助于建立作家之间的联系，促进跨文化的对话。

文学节的多元性还反映在文学节的地点和时间上。中国文学节通常在不同城市和地区举行，不同的地点和时间选择有助于向国际读者展示中国文学的地域多样性。中国地域广阔，不同地区有着不同的文化传统和风景名胜。在不同地点举办文学节，国际读者可以更全面地了解中国的地域多样性，同时，也有机会欣赏中国丰富的文化和自然景观。

文学节的多元性是中国文学国际传播的一项重要策略。它有助于向国际读者展示中国文学的多样性和丰富性，拓宽了国际读者对中国文学的认知。通过多元的主题、形式、参与者和地点，中国文学节促进了文学的跨文化交流，为中国文学在国际文坛中的地位提供了有力支持。

第五节　中国现当代文学的未来在国际文坛中的地位

一、持续增强的国际影响力

中国现当代文学已经逐渐走出国门，持续增强其国际影响力，这一趋势预计将在未来继续发展，使中国文学成为国际文坛上的一支重要力量。

中国作家的作品将继续受到国际读者的关注。一些中国作家，如莫言、贾平凹、韩寒等，已经在国际文坛上崭露头角，他们的作品被广泛翻译成多种语言，受到国际读者的喜爱。这些作品以其独特的文学风格和深刻的思想内容吸引了全球读者的目光。随着更多中国作家的作品被翻译和传播，中国文学将继续赢得国际读者的关注，进一步扩大其国际影响力。

中国作家在国际文学奖项的竞争中取得更多的成就。中国作家获得国际文学奖项，如诺贝尔文学奖、布克奖等，不仅增强了中国文学在国际上的声誉，还引起了国际文学界的广泛关注。这些奖项的获得证明了中国文学的卓越贡献和影响力，为中国文学的国际传播提供了强大的推动力。未来，中国作家有望在国际文学奖项的竞争中取得更多的成功，进一步提升中国文学的国际地位。

中国现当代文学将继续增强其国际影响力。通过作家的成功、文学奖项的获得、国际性的主题、文学节和组织的支持，中国文学将继续吸引国际读者的关注，促进文学的跨文化交流，提升中国文学在国际文坛中的地位。中国文学已经在国际文坛上崭露头角，未来将继续在全球范围内扩大其影响力，为世界文学的多元化和丰富性作出更大的贡献。

二、多元化的文学创作

中国现当代文学的未来将充满多元化的文学创作，这一趋势不仅会满足国内读者的需求，还将吸引更广泛的国际读者。

中国现当代文学将继续涵盖多样化的主题。中国是一个拥有丰富历史和文化传统的国家，文学作家将继续深入探讨各种主题，包括家庭、社会、历史、政治、文化、人际关系等。未来的作品将更广泛地反映中国社会的多样性和复杂性，提供更多视角和观点，使国际读者更全面地了解中国。

文学作家将继续尝试多样的文学风格和流派。中国文学已经有了许多文学流派，如现实主义、写实主义、后现代主义、奇幻文学等。未来，文学作家将继续创新，探索新的文学风格和表现形式。这将为国际读者提供更多选择，满足不同阅读口味的需求，使中国文学更加多元化。

文学作家将继续深入挖掘中国的文化传统。中国拥有丰富的文化遗产，包括古代文学、诗词、传统戏剧等。未来的文学作家将继续汲取这些传统，融入现代文学创作中，创造出融合传统与现代元素的文学作品。这不仅有助于传承中国文化，还能吸引国际读者对中国传统文化的兴趣。

文学作家将继续涵盖国际性的主题。中国已经成为全球性的重要国家，未来的文学作品将更多地涉及国际性的主题，如全球化、跨文化交流、环境问题、国际关系等。这将使中国文学更具国际视野，引起国际读者的共鸣，为跨文化交流和对话提供更多的机会。

中国文学将继续推动文学的创新。文学作家将尝试新的创作方式，包括数字文学、实验性文学、多媒体文学等。这些新颖的创作方式将吸引年轻一代的读者，同时也为文学作家提供更广阔的创作空间。

中国现当代文学的未来将充满多元化的文学创作。这一趋势将满足不同读者的需求，提供更多选择，使中国文学更富有活力和吸引力。未来，中国文学将继续走向世界，与国际文学界共同探索文学的无限可能性。

三、国际化的文学交流

国际化的文学交流将成为中国文学未来的一项重要特点。中国文学将与国际文学界更加紧密地互动，中国作家将积极参与国际文学活动，推动文学的跨文化交流。

中国文学将积极参与国际文学节和文学展览。中国已经成为国际文学节和文学展览的常客，这些活动为中国文学提供了展示的平台，吸引了国际媒体、文学评论家、出版商和读者的关注。未来，中国将继续积极参与这些活动，推动文学作品的国际传播，促进跨文化的交流和对话。

文学翻译将成为跨文化交流的桥梁。中国文学将继续通过翻译传播到世界各地，而国际文学也将通过翻译进入中国市场。翻译家将在跨文化交流中扮演关键角色，他们将致力于保持文学作品的原汁原味，同时使其适应目标文化的需求。这种文学翻译的双向交流将有助于促进文学作品的全球传播。

跨国文学组织和文学基金会将继续支持文学交流。它们通过赞助文学活动、提供翻译奖金、支持国际合作项目等方式，推动了文学作品的国际传播。未来，它们将继续为文学交流提供资源和支持，促进文学的跨文化对话。

中国文学将积极探索新的文学合作方式。文学合作可以涉及多个领域，包括文学创作、翻译、文学研究、文学出版等。中国文学界将与国际文学界探索更多创新的文学合作项目，从而促进文学的国际传播和跨文化交流。

国际化的文学交流将成为中国文学未来的一项重要特点。中国文学将与国际文学界更加紧密地互动，中国作家将积极参与国际文学活动，推动文学的跨文化交流。

四、文学作品的国际传播

中国文学作品的国际传播将在未来得到更大的推动力，这对于中国文学的国际影响力将产生积极的影响。

文学作品的翻译将继续扮演关键角色。文学翻译是中国文学国际传播的桥梁，通过翻译，中国文学作品能够跨越语言障碍，被世界各地的读者阅读。未来，翻译家将继续努力，将更多中国文学作品翻译成不同语言，以满足国际读者的需求。高质量的翻译对于保留原作的文化特色和情感至关重要，因此将继续受到重视和支持。

数字化时代将促进文学作品的国际传播。互联网和数字出版技术的发展使文学作品更容易传播到全球各地。电子书、在线阅读平台和社交媒体等数字媒体将提供更多渠道，使中国文学作品能够触及更广泛的国际读者。这种数字化的传播方式将加速文学作品的国际传播速度。

文学展览和文学节将继续为文学作品的展示提供机会。国际文学展览和文学节为中国文学作品提供了展示的机会，吸引了国际媒体、文学评论家、出版商和翻译家的关注。未来，中国将继续积极参与这些活动，提供更多机会，以促进文学作品的国际传播。

跨国文学组织和文学基金会将继续支持文学作品的国际传播。它们通过提供翻译奖金、出版支持、文学活动赞助等方式，为文学作品的国际传播提供了资源和支持。未来，它们将继续推动文学作品的翻译和传播，促进文学作品在国际文坛上的曝光。

中国文学作品的多元化将推动国际传播。中国文学作品将继续涵盖各种主题、文学风格和流派，满足不同国家和地区读者的口味。这将增加中国文学作品在国际市场上的吸引力，为国际传播提供更多动力。

中国文学作品将得到更多国家和地区的翻译和传播，为中国文学的国际传播注入更多动力。通过文学翻译、数字化传播、文学展览和跨国组织的支持，中国文学将继续扩大其国际影响力，吸引更多国际读者的关注，促进文学作品的跨文化交流，为中国文学的国际传播作出更大的贡献。未来，中国文学将继续在国际文坛上崭露头角，为全球文学的多元化和丰富性做出更大的贡献。

第五章　文学与社会

第一节　文学与社会问题

一、社会问题的反映

文学作为一种反映社会的艺术形式，扮演着重要的角色，通过其作品揭示和反映各种社会问题。这在文学历史中得到了充分的证实，不仅丰富了文学创作，还为社会问题的认知和解决提供了有力的平台。以下是对文学如何反映社会问题的探讨，以及其对社会的影响的更详细描述：

文学作品反映社会问题是通过作家对社会现实的观察和体验而来的。作家通常敏锐地察觉到社会中存在的问题，这些问题可能是贫困、不平等、歧视、社会不公等。通过文学，作家能够表达看法和观点，以引起社会的关注。

文学作品通过其故事情节、角色塑造和对话，将社会问题具体化。作家通过生动的叙述，使读者能够深入了解问题的本质。例如，小说可能通过描述一个贫困家庭的生活来展现社会中的贫困问题，或者通过塑造一个受歧视的角色来探讨社会中的歧视现象。

文学作品还能够激发读者的情感共鸣。通过深刻的角色描写和情感表达，作家能够触动读者的情感，使他们产生共鸣。这种情感共鸣不仅使读者更深刻地理解社会问题，还激发了他们对问题的情感回应，推动他们参与社会活动或支持社会改革。

文学作品不仅反映问题，还可以提供对问题的深刻分析和反思。作家经常通过作品探讨社会问题的根本原因，揭示问题的复杂性，为问题的解决提供有价值的思考。这种深入的反思有助于引导社会对问题的更全面理解。

文学作品常常引发社会辩论。社会问题的呈现和讨论激发了公众对这些问题的关注，促进了社会的辩论和讨论。这种公众辩论有助于认识问题、提出解决方案以及推动社会改革。

最重要的是，文学作品可以成为社会问题的声音。它们为那些没有发言权的人提供了发声的机会，为社会问题的曝光和解决提供了平台。作家可以通过文学作品成为社会问题的代言人，将问题带入公众视野，争取关注和支持。

文学作为一种反映社会问题的艺术形式，在揭示社会问题、引发社会辩论、提供深刻分析和激发情感共鸣等方面发挥着重要作用。它不仅反映社会问题，还促使社会对问题进行深刻思考和行动。文学作品不仅令人深思，还能够塑造社会的认知和行为，对社会问题的解决产生积极影响。

二、引发社会意识

文学作品的力量在于其能够唤起和引发社会意识，促使读者更深刻地关注和理解社会问题。这在文学历史中得到了充分的证实，不仅丰富了文学创作，还为社会问题的认知和解决提供了有力的平台。以下是文学如何引发社会意识的更详细探讨，以及其对社会的影响：

文学作品也能够触动读者的情感。通过深刻的角色描写和情感表达，作家能够引发读者的情感共鸣。读者与文学作品中的人物产生共鸣，对他们的遭遇产生深刻的情感反应。这种情感共鸣不仅使读者更深刻地理解社会问题，还激发了他们对问题的情感回应，推动他们参与社会活动或支持社会改革。

文学作品不仅能够引发情感共鸣，还能够激发道德和伦理觉醒。作家通过作品中的人物和情节，展示了社会问题的伦理和道德维度。读者在阅读文学作品时常常被迫思考社会问题的道德和伦理，这有助于唤起他们的社会意识。

三、批判和反思

文学作品在反映社会问题的同时，常常包含着对这些问题的批判和反思。作家通过文学语言表达对社会现象的看法，激发读者对社会改进的需求。这种批判性的角度在文学中发挥了重要作用，不仅有助于引导社会变革，还为社会问题的深入讨论和解决提供了有力的引导。以下是对文学作品如何批判和反思社会问题的更详细探讨，以及其对社会的影响：

文学作品常常通过作家的观点和角度，批判社会问题。作家通过其作品中的角色、对话和情节，表达对社会不公、不平等、不道德等问题的看法。这种批判性的视角有助于引发读者对问题的反思。作家的观点和观点成为了社会问题的声音，能够激发社会辩论和讨论。

文学作品还提供了对社会问题的深刻分析。作家通过其作品中的情节和人物，常常探讨社会问题的根本原因和复杂性。这种深刻的分析有助于引导社会更全面地理解问题，认识问题的本质。例如，一部小说可能通过角色的内在冲突和复杂性，展示了社会问题的复杂性，使读者深思问题的根本原因。

批判和反思社会问题的文学作品可以成为社会问题的倡导者。它们不仅反映问题，还提供了可能的解决方案和改进建议。作家常常通过作品呼吁社会行动，促进社会改革和进步。这种倡导作用有助于引导社会对问题采取积极的行动。

最重要的是，文学作品的批判性和反思性质有助于唤起读者的社会意识。通过文学作品，读者能够更深刻地理解社会问题，并认识到问题的紧迫性。这种社会意识的唤起有助于推动社会对问题的关注和解决。

文学作品的批判性和反思性质使其成为引导社会变革和改进的重要媒介。作家通过其作品的观点和分析，不仅批判社会问题，还为问题的解决提供了有价值的思考。文学作品激发了读者对社会问题的反思和行动，促进了社会改革和进步。文学的批判性和反思性质使其成为社会变革的重要力量。

四、让人情感共鸣

文学作为一种强大的情感表达媒介，通过故事情节和角色的刻画，有能力触动人的情感，使读者与文学作品中的人物产生共鸣。这种情感共鸣不仅让读者更深刻地理解社会问题，还引发了他们对问题的情感回应，加深了对社会问题的关切。以下是对文学如何通过情感共鸣引发对社会问题的关注的更详细探讨，以及其对社会的影响：

文学作品通常通过生动的人物刻画，展现了社会问题对个体生活的影响。读者通过与文学作品中的人物建立情感联系，深入了解了社会问题如何影响人的生活和情感。这种情感联系使读者更容易理解社会问题的人性维度，从而引发情感共鸣。

文学作品通过角色的情感经历和内心冲突，触动了读者的情感。读者常常与文学作品中的人物一同经历喜怒哀乐，与他们共鸣情感。这种情感共鸣不仅让读者更深刻地理解社会问题，还激发了他们的情感回应。他们可能会感到愤怒、悲伤、同情或愧疚，这些情感反应有助于加深对问题的关切。

文学作品通过故事情节的展开，能够触发读者的情感高潮。作家巧妙地安排情节，使读者情感起伏，进一步加强了情感共鸣。这种情感高潮不仅让读者更深刻地理解社会问题，还激发了情感参与，使他们愿意采取行动。

文学作品常常通过情感表达社会问题的紧迫性。作家通过情感表达问题的重要性，引导读者对问题的关注。读者因情感共鸣而感到迫切，愿意更积极地关注和参与社会问题的解决。

情感共鸣有助于将社会问题具体化。读者不再抽象地看待问题，而是通过文学作品中的人物和情感体验，将问题具体化为个人经历。这种具体化使问题更具切身性，引发了更强烈的情感共鸣。

文学通过情感共鸣，引发了人们对社会问题的关注和关切。通过生动的人物刻画、情感经历和情感高潮，文学作品使读者与问题建立情感联系，深化了对问题的理解。情感共鸣不仅激发了情感回应，还加深了对问题的关切和迫切性，促使人们更积极地参与社会问题的讨论和解决。文学的情感共鸣作用使其成为引发社会问题关注和行动的重要媒介。

第二节　文学对社会变革的反映

一、社会进步的见证

文学作为时间的见证者，扮演着重要的角色，可以反映社会的变革和发展。文学作品记录了历史时刻，展现了社会的演进，这在多个方面有着深远的影响。以下是关于文学如何成为社会进步的见证者的详细探讨，以及它在社会中的重要性：

文学通过作品的时代背景和情节，成为社会变革的见证者。文学作品通常在特定的历史背景下创作，反映了当时的社会、政治和文化情境。通过文学作品，读者能够深入了解过去的社会，以及那个时代的价值观和生活方式。例如，小说《红楼梦》反映了中国封建社会的特点，而乔治·奥威尔的《1984》则揭示了极权社会的本质。这些作品成为历史的见证者，帮助人们了解过去的社会。

文学也通过人物的发展和经历，展现社会的演进。文学作品常常通过主要角色的生活经历和成长，展示社会变革对个人的影响。这种展示有助于读者更深刻地理解社会的演进和进步。例如，查尔斯·狄更斯的《雾都孤儿》描述了 19 世纪英国工业革命时期的社会问题，通过主人公奥利弗的生活经历，揭示了社会不公和贫困问题。

文学作为社会进步的见证者，还通过作家的观点和思考，提供了对社会问题的深刻分析。作家常常在作品中表达对社会问题的看法，引发读者对问题的思考。这种思考有助于社会更全面地理解问题，为解决问题提供了有益的思路。

文学也可以成为社会问题的发声者。通过作品，作家可以呼吁社会行动，促进社会改进和进步。例如，哈里特·比彻·斯托夫的小说《汤姆叔叔的小屋》在 19 世纪引发了对奴隶制度的强烈反感，推动了废奴运动的发展。文学作品的社会倡导作用有助于社会问题得到更广泛的关注。

总之，文学作为社会进步的见证者，在多个方面发挥着重要作用。它通过作品的时代背景、人物发展和作者的观点，记录了社会的变革和发展，帮助人们了解过去的社会。文学还通过作家的观点和思考，提供了对社会问题的深刻分析，有助于引导社会变革。作品中的社会批判和反思可以成为社会问题的发声者，激发社会行动。文学的见证作用有助于社会更全面地理解问题，为社会的进步和改进提供了宝贵的见解。

二、社会变革的推动者

文学作品在社会变革中扮演了重要的推动者角色。一些文学作家通过作品中的人物和情节，鼓舞读者参与社会改革和革命，激发他们的愿望和动力。以下是有关文学如何成为社会变革的推动者的详细探讨，以及其在社会中的关键作用：

文学作品可以唤醒读者的社会意识。通过生动的人物刻画和情节表现，文学作品能够揭示社会问题和不公正。这种揭示引发了读者对社会问题的关注，激发了他们的社会意识。例如，查尔斯·狄更斯的小说《雾都孤儿》中描述了 19 世纪英国工业革命时期的社会问题，引发了读者对贫困和不公平待遇的关注，激发了他们社会改革的愿望。

文学作品还可以通过主人公的行动，激发读者的社会参与。文学中的主要角色常常通过坚定的信仰和行动，实现了社会变革的愿望。这些角色的勇气和决心可以激励读者采取行动，参与社会改革和革命。例如，小说《杀死一只知更鸟》中的主人公斯科特·费恩通过法庭上的辩护，捍卫了人权和公正，激发了读者对社会正义的渴望，推动了民权运动。

文学作品还可以启发读者对社会问题进行深刻的思考。作家常常在作品中提出复杂的伦理和道德问题，激发读者思考社会伦理和价值观。这种思考有助于读者更深入地理解社会问题，为社会变革提供了有益的思路。文学作品中的社会批判和反思有助于引导社会变革。

文学作品在社会变革中充当了重要的推动者角色。通过唤醒社会意识、激发社会参与、成为社会问题的发声者并启发深刻思考，文学作品可以鼓舞读者参与社会改革和革命，激发他们的愿望和动力。文学的社会变革推动作用有助于社会改进和进步，使社会更加公正和人道。

三、反抗和革命的表达

一些文学作品充满了反抗和革命的精神，作家通过文学作品表达对不公正、专制或不平等制度的反抗。这些作品不仅是文学的表达，还是社会运动和政治改革的催化剂。以下是有关文学如何表达反抗和革命精神以及其在社会中的关键作用的详细探讨：

文学作品可以成为反抗和革命的象征。在文学中，作家经常通过作品中的主要角色和情节，表达对不公正和专制的愤怒和反抗。这些主人公通常代表了社会中受压迫和受伤害的人群，他们的斗争和反抗激励着读者。例如，乔治·奥威尔的《1984》中，主人公温斯顿反抗极权政权的行动成为了对专制的象征，激励了读者思考政治体制的问题。

文学作品还可以成为社会运动的灵感来源。一些社会运动的领袖和参与者可能受到文学作品中的反抗和革命精神的启发。文学作品中的英雄和反抗者的形象可以成为社会运动的标志和榜样。例如，美国民权运动的领袖马丁·路德·金就受到了亨利·戴维·梭罗的《瓦尔登湖》和《不合作运动》的启发，他的行动改变了美国的种族关系。

文学作品还可以促使政治改革。通过文学作品，作家可以批判社会不公和政治腐败，激发公众对政治改革的需求。文学作品在政治改革中发挥了关键作用，鼓舞了人们的政治参与。例如，查尔斯·狄更斯的小说《雾都孤儿》反映了19世纪英国工业革命时期的社会问题，推动了改革立法，改善了劳工条件。

文学作品还可以鼓舞群众行动。通过作品中的社会批判和反思，作家可以激发读者参与示威、抗议和抵制运动。文学作品中的情感共鸣和道义呼声可以促使人们采取行动，争取社会正义和变革。例如，哈里特·比彻·斯托夫的小说《汤姆叔叔的小屋》，在19世纪引发了对奴隶制度的强烈反感，激发了废奴运动的发展。

文学作品充满了反抗和革命的精神，它们是社会运动和政治改革的催化剂。通过成为反抗和革命的象征、激发社会运动、促使政治改革和鼓舞群众行动，文学作品可以对不公正、专制或不平等制度发出挑战，推动社会的正义和变革。文学的这种作用有助于社会更加公正和平等，使人们为改善社会付出努力。

四、社会问题的思考和解决方案

文学作品在某些情况下提供了对社会问题的深刻思考和解决方案。作家通过文学语言，探讨社会问题的原因和可能的解决方案，为社会提供了有价值的参考。

以下是有关文学如何思考社会问题和提供解决方案的详细探讨，以及其在社会中的关键作用：

文学作品可以帮助人们更深入地思考社会问题的原因。通过作品中的情节和人物，作家可以揭示社会问题的根源，探讨导致这些问题的复杂因素。这种深入思考有助于人们更好地理解社会问题，从根本上解决社会问题。例如，小说《麦田守望者》中，作者 J.D. 塞林格通过主人公霍尔顿·考尔菲尔德的心理冲突，探讨了青少年的孤独和情感问题，引发了读者对青少年心理健康的思考。

文学作品还可以提供对社会问题的不同视角。作家和作品可能从不同的角度和立场来看待社会问题，这有助于拓宽人们的视野，理解问题的多样性。这种多元化的视角有助于寻找更全面的解决方案。例如，环境问题的文学作品可能涵盖生态学、政治学、伦理学等多个角度来思考环保问题，为解决方案的制定提供了更多的信息和思路。

文学作品还可以激发读者思考解决社会问题的方法。通过作品中的情节和角色，作家可以提出可能的解决方案或启发读者思考如何采取行动。文学作品中的讨论和思考有助于激发读者的创造性思维，帮助他们积极参与社会问题的解决。例如，社会小说《人类群星闪耀时》中，作者克莱福德·西梅克斯通过描绘人物的行为，引发了对种族关系的思考，激发了读者对种族和文化和解的渴望。

文学作品可以为社会问题的解决方案提供灵感。有时，文学作品中的情节和角色可以成为现实生活中的榜样，激励人们采取行动，争取社会正义和变革。例如，社会小说《雾都孤儿》中的奥利弗特威斯特被视为一个坚韧不拔、克服逆境的英雄，他的故事可以激励读者为改善弱势群体的生活条件而努力。

文学作品在思考社会问题和提供解决方案方面发挥着重要的作用。通过深入思考问题的原因、提供不同的视角、激发创造性思维和提供灵感，文学作品可以为社会问题的解决做出贡献。作家通过文学语言，将复杂的社会问题呈现给读者，激发他们积极参与社会改革和改进。因此，文学在社会中具有重要的启发和引导作用。

第三节 文学与社会活动

一、社会活动的倡导者

一些文学作家积极参与社会活动，通过文学作品和公开言论，倡导社会变革、人权保护、环境保护等各种社会活动。他们的参与在社会中发挥着重要的作用，不仅引起公众对重大社会问题的关注，还鼓励人们采取积极行动，争取社会的改善和进步。

文学作家通过其作品反映社会问题。文学作品往往是对社会现实的深刻反映，作家通过小说、诗歌、散文等文学形式，展示了社会的问题和不公正。这种文学表达可以引起读者对社会问题的关注，唤起他们的社会意识。例如，美国作家约翰·斯坦贝克的小说《愤怒的葡萄》，描绘了大萧条时期美国西部农民的困苦，引发了社会对农村贫困问题的广泛关注。

文学作家通过公开言论表达社会立场。一些作家利用媒体、社交媒体、公开演讲等平台，表达他们对社会问题的看法和立场。他们的声音具有影响力，可以引导公众对社会问题进行深思熟虑。例如，印度作家阿尔琴·纳兰是一位坚决的女性权利倡导者，她通过公开演讲和社交媒体，倡导了性别平等和反对性别歧视的观点。

文学作家可以成为社会运动的领袖和参与者。一些作家不仅在文学创作中关注社会问题，还积极参与社会运动，如民权运动、环保运动、反战运动等。他们的知名度和影响力使他们成为社会运动的重要推动者。例如，美国作家厄内斯特海明威是西班牙内战时的自愿战士，他的经历激励了人们参与反法西斯抵抗运动。

文学作家的作品和声音可以激发社会活动的参与者。他们的文学作品中的主题和价值观可以成为社会活动的灵感和支持。例如，南非作家纳德·恩丽希的小说《小说家的爱情》，反映了反对种族隔离的斗争，激励了反对种族隔离制度的社会运动。

文学作家在社会活动中扮演着重要的倡导者角色。他们通过文学作品、公开言论、社会运动参与和作品的灵感支持，为社会变革、人权保护、环境保护等各种社会活动做出了重要的贡献。他们的声音和影响力有助于引领社会向更加公正和进步的方向发展，使社会问题得到更好的关注和解决。文学作家的参与在社会中起到了桥梁和催化剂的作用，帮助社会更好地理解和应对各种挑战。

二、文学节和文学研讨会

文学节和文学研讨会是文学界的重要活动，它们不仅为作家和读者提供了交流的机会，也成为讨论社会问题的重要场所。

文学节是作家和读者互动的平台。在文学节上，作家可以与读者面对面交流，分享创作经验、思想和观点。这种直接的互动有助于建立更紧密的联系，使作品更容易被读者理解和欣赏。此外，文学节还为读者提供了了解作家的机会，使他们更了解作品背后的创作背景和意图。

文学研讨会是讨论社会问题的场所。在文学研讨会上，作家和学者可以集中讨论作品中涉及的社会问题，深入探讨其影响和可能的解决方案。这种集体讨论有助于唤起社会思考，激发他们对社会问题的深刻理解。通过文学研讨会，作品可以超越单纯的娱乐和审美价值，成为社会辩论和反思的对象。

文学节和文学研讨会有助于推动社会活动。一些文学活动将社会问题作为重要议题，邀请作家和专家分享他们的见解。这种关注社会问题的活动可以唤起公众对这些问题的关注，促使人们参与社会运动。例如，一些文学节特别关注环境问题，鼓励人们采取可持续的行动，保护地球。

文学节和文学研讨会可以促进文学作品的更广泛传播。这些活动吸引了来自不同文化和背景的作家和读者，有助于文学作品跨越语言和文化的障碍，被更多人阅读和欣赏。这种跨文化交流有助于促进文学的国际传播，使文学作品具有更广泛的影响力。

三、社会公益项目的支持

一些文学家积极参与社会公益项目，捐赠作品版税，支持教育、医疗、灾害救助等领域的社会活动。他们的支持不仅表现在文学作品中，还表现在实际行动中，有助于改善社会状况。以下是有关文学家参与社会公益项目的重要性，以及他们的支持如何影响社会的详细讨论：

文学家的支持为社会公益项目提供了重要的资源。文学家通常拥有版税等收入，他们可以选择将一部分收入用于支持社会公益事业。这些资金对于教育、医疗、灾害救助等领域的项目是宝贵的资源，可以帮助弱势群体获得更好的教育和医疗服务，也可以在自然灾害或紧急情况下提供帮助。文学家的慷慨支持有助于弥补社会领域的资源不足，改善社会的整体状况。

文学家的参与为公益项目带来更多关注和认可。文学家通常拥有一定的知名度和影响力，他们的参与可以吸引媒体和公众的关注。这种关注有助于提高社会公益项目的知名度，吸引更多的捐赠和志愿者参与。文学家的支持可以成为公益项目的宣传点，鼓励更多人参与到社会慈善的行动中。

文学家的参与为社会公益项目注入更多情感和创意。文学家通常对社会问题有深刻的理解，他们的文学作品反映了对人类生活和人性的洞察。因此，他们参与公益项目时可以带来更多的情感共鸣和创意。他们的参与不仅仅是提供资金支持，还可以提供更深层次的关怀和思考，为社会公益项目注入更多人文关怀和智慧。

文学家的支持有助于塑造文学界的社会责任感。文学家的参与和支持可以鼓励更多的文学界从业者积极参与社会公益事业。这种社会责任感的传播可以影响更广泛的文化领域，使文学界成为社会变革的积极力量。文学家的支持不仅改善了社会，还提高了文学界的社会声誉和影响力。

文学家积极参与社会公益活动，捐赠作品版税，支持教育、医疗、灾害救助等领域的社会活动，对改善社会状况具有重要作用。他们的支持提供了宝贵的资源，吸引了更多的关注和认可，注入了更多情感和创意，同时也促使文学界更加关注社会责任。文学家的参与和支持有助于推动社会公益事业的发展，使社会更加公正和人道。

四、社会变革的记录者

一些文学作家具有出色的记录者天赋，他们利用文学作品的方式将社会活动和社会变革的历史留存在文学之中，以便将这些重要事件传颂给后人。文学记录的重要性在于，它能够为社会变革提供持久的历史见证，同时也为文学赋予更多的社会意义。以下将详细讨论文学作家作为社会变革的记录者的作用和影响：

文学作家通过文学作品记录了社会活动和社会变革的历史。这些作家常常深入社会，亲历并参与社会活动，然后将这些经历融入文学创作中。他们以小说、散文、诗歌等形式表达了社会活动的背景、过程和影响。这些文学作品成为社会变革的重要见证，记录了社会的发展轨迹，将历史事件传递给读者，使人们更好地理解社会的演进。

文学作家的作品具有深刻的人文关怀和情感共鸣。他们的文学作品往往通过角色的刻画、情节的展开，反映了社会活动中的人性光辉和挣扎。这些作品能够触动读者的情感，使人们更加共鸣社会变革的背后，深刻理解其中的人道和价值观。文学作家通过作品中的情感共鸣，将社会变革的历史赋予更加深刻的意义，激发读者对社会公平、正义和人权等议题的思考。

文学作品促进了社会变革的深刻思考。他们往往通过作品中的角色对社会问题提出质疑，通过作品中的情节和对话展示不同观点和立场。这种文学探讨引发了读者对社会变革的思考和辩论。作家的作品不仅记录了社会变革的历史，还鼓励人们深入思考社会变革的原因、动力和影响，为社会变革提供了深层次的讨论。

文学作品在社会变革的过程中起到了启发作用。他们通过文学作品传达了社会变革的价值和意义，激发了人们参与社会运动和政治改革的愿望。一些文学作品成为社会运动的精神支持，鼓舞了人们勇敢地站出来，争取社会变革。文学作品在社会变革中充当了鼓舞和启发的角色。

文学作家作为社会变革的记录者具有重要的作用。他们通过文学作品记录了社会活动和社会变革的历史，传递了人文关怀和情感共鸣，促进了社会变革的深刻思考，同时也激发了社会变革的愿望和行动。文学作品成为社会变革的重要见证，为社会变革赋予更多的历史和人文意义。

第四节　文学对社会的影响

一、影响公众观点

文学作品具有塑造和影响公众观点的潜力，因为文学是一种充满表现力和情感的艺术形式，能够深刻地触动人心，激发读者的思考和共鸣。

文学作品可以呈现多元的观点。文学作家常常通过不同的角色、情节和对话来展示不同的观点和立场。这种多元性能够帮助读者更全面地理解复杂的社会问题，使他们能够从不同的角度思考问题，避免单一观点的片面性。通过文学作品，人们可以接触到来自不同社会群体和背景的观点，拓宽了视野，使思考更加丰富和多元化。

文学作品可以引导思考和辩论。好的文学作品往往留有空间供读者思考和争论。作家通过开放性的结局和问题提出，鼓励读者深入思考社会问题，提出自己的观点和立场。这种引导思考和辩论的作用有助于公众更积极地参与社会讨论，促进了社会问题的深入探讨。

文学作品可以引导社会变革。一些文学作家通过作品中的角色和情节，表达对社会不公和不平等的不满，呼吁社会变革和改进。文学作品有时成为社会运动的精神支持，鼓励人们勇敢地站出来，争取社会变革。

文学作品对公众观点的影响是多方面的。它能够呈现多元的观点，唤起情感共鸣，引导思考和辩论，甚至引导社会变革。文学作品是一种强有力的社会影响工具，因为它有助于培养公众的社会意识，激发人们对社会问题的关注和行动。通过文学，作家能够塑造和影响公众观点，为社会变革和进步做出贡献。

二、社会改进的催化剂

文学作品在成为社会改进的催化剂方面发挥着重要作用。通过深刻的情节、角色刻画和主题探讨，一些文学作品能够唤起公众对不公平和不道德现象的关注，激发社会行动和改善措施。

文学作品揭示社会问题。许多作家利用文学来描绘社会中存在的问题，如贫困、不平等、歧视、腐败等。他们通过故事情节、角色和情感表达，将问题呈现给读者。这种揭示社会问题的作用可以引起读者的关注，让他们认识到问题的存在和重要性。

文学作品激发情感共鸣。一些文学作品能够触动读者的情感，使他们与作品中的人物产生共鸣。当读者情感上与作品中的角色连接时，他们更容易感同身受，对问题产生深刻的情感共鸣。这种情感共鸣可以激发人们对社会问题的关心和愿望采取行动。

文学作品鼓励思考和辩论。一些作家在作品中提出复杂的道德和伦理问题，引发读者的思考和争论。这种引导思考和辩论的作用有助于人们更深入地思考社会问题，提出不同的解决方案，推动社会改进的讨论。

文学作品激发社会行动。一些文学作品成为社会运动和改善措施的催化剂。它们可以激发读者参与社会运动、政治改革和慈善活动。作品中的角色和情节可以成为启发行动的力量，推动人们为改进社会状况而努力。

文学作品可以成为社会改进的催化剂，因为它揭示社会问题，激发情感共鸣，鼓励思考和辩论，激发社会行动。通过文学，作家能够引发社会变革的愿望和动力，为改善社会状况作出贡献。文学在社会改进中扮演着重要的角色，能够帮助社会更加公正和道德。

三、引发社会辩论

文学作品提出争议性问题。许多作家通过作品探讨了复杂的伦理、道德和社会问题。这些问题通常没有简单的答案，而是引发辩论和不同观点的核心。作品中的角色可能被置于道德困境中，读者被迫思考他们在相似情况下会做什么选择。这种争议性问题的提出鼓励了读者的讨论和争辩。

文学作品表现多元观点。作家通常通过不同的角色和情节来呈现不同的观点。这种多元性使读者能够看到问题的多面性，理解不同的观点和立场。读者之间的讨论常常涉及对不同观点的辩论，这有助于推动深入的思考和对问题的更全面理解。

文学作品激发情感反应。一些文学作品能够触动读者的情感，使他们对作品中的问题产生深刻的情感反应。情感反应可以激发人们对问题的关心和热情，使他们更愿意参与辩论和讨论。这种情感反应有时甚至能够改变人们的观点和行为。

文学作品鼓励思考和探索。作家常常提出复杂的伦理和道德问题，鼓励读者深入思考和探索这些问题。读者的辩论通常包括对问题的深入探讨和思考。这种思考和探索有助于提高社会问题的认知水平，推动社会辩论向更深入的层次发展。

文学作品通过提出争议性问题，表现多元观点，激发情感反应，鼓励思考和探索，成为社会辩论的重要推动者。文学作为一种艺术形式，能够引发人们对社会问题的关注和思考，推动社会问题的认知和解决。它在社会辩论中发挥着不可替代的作用，促使人们更深入地思考和讨论社会的伦理、道德和政治问题。

四、塑造社会记忆

文学作品通过叙述历史事件和社会背景，提供了一种生动而深刻的历史记录方式。作家可以通过小说、短篇故事或诗歌等形式，将历史事件嵌入故事情节中，使读者能够更加亲切地感受到那个时代的生活、社会风貌和挑战。例如，文学作品描写战争时期的生活，反映社会运动的兴起，以及特定历史时刻的文化和政治背景。这样的叙述能够让读者对历史事件有更深入的了解和体验，进而加深对社会记忆的印象。

文学作品通过角色塑造，使历史事件和社会问题更加具体和有血有肉。作家创造了各种各样的角色，代表不同社会群体和背景，通过他们的视角和经历，呈现了历史事件的多样性。这种角色塑造使读者能够更好地理解事件对不同人群的影响，以及社会问题的复杂性。通过与文学作品中的角色共鸣，读者能够更加深入地理解和感受社会记忆。

文学作品有助于保留社会历史的情感和情感维度。除了纯粹的历史记录，文学作品还能够表达人们对历史事件和社会问题的情感反应。作家通过文学语言传达情感，如愤怒、悲伤、欢乐、挣扎等，使历史事件更加感人和引人深思。这种情感维度有助于将社会历史变成更具人性的记忆，引发读者对历史事件的情感共鸣，从而使社会历史更加有深刻的意义。

文学作品可以激发读者对社会历史的兴趣和研究。通过文学作品，读者能够了解历史事件的背景和情境，激发他们进一步研究和探讨历史事件的兴趣。文学作品可以成为历史研究的起点，鼓励读者深入了解和探讨社会历史，从而加深对社会记忆的理解。

文学作品通过叙述历史事件、角色塑造、情感表达和激发兴趣，起到了塑造社会记忆的作用。它帮助社会保留对过去的理解和记忆，使历史事件和社会问题成为永不被遗忘的一部分。文学作为社会历史的见证者和记录者，在继承和传承社会记忆方面具有不可替代的价值。

第五节　文学与社会的互动

一、文学的社会反馈

社会反馈可以帮助作家了解读者。通过读者的评论和反馈，作家可以获得有关读者背景、兴趣和需求的信息。这有助于作家更好地满足读者的期望，编写更具吸引力的作品。例如，如果作家了解到读者更喜欢特定类型的故事情节或主题，他们可以在创作中考虑这些因素，以吸引更多的读者。

社会反馈可以影响作家的文学风格和创作方向。作家通常希望作品能够引起读者的共鸣，获得积极的反馈。因此，作家可能会根据读者的反馈来调整文学风格和主题选择。如果某一类型的作品受到读者欢迎，作家可能会倾向于继续探索这个领域。相反，如果某一作品没有得到积极的反馈，作家可能会重新思考创作方向。

社会反馈可以帮助作家提高写作技巧。通过读者的评论和建议，作家可以了解到他们的文学技巧中可能存在的弱点和改进的空间。这种反馈有助于作家不断提高写作水平，使作品更加吸引人和有深度。作家可以从社会反馈中获得有关叙事、角色发展、对话、文体等方面的建议，以改进写作技巧。

社会反馈对于作家的自我认知和成长也很重要。通过了解读者对作品的反应，作家可以更好地理解自己的文学目标和声音。这有助于作家进一步发展自己的文学声音和身份，同时也有助于他们在文学领域不断成长和进步。作家可以通过社会反馈来认识自己的强项和弱项，以便更好地发展文学才华。

文学的社会反馈对于作家来说具有多重重要性。它有助于了解读者、调整文学风格、提高写作技巧和自我认知，从而为作家的文学生涯和作品的发展提供有益的指导。社会反馈是文学创作中不可或缺的一部分，可以帮助作家更好地与读者互动，不断提高文学作品的质量和影响力。

二、文学的社会反映

文学作品在反映社会的态度和价值观方面扮演着重要的角色。作家通过作品中的角色、情节、对话和主题，传达了对社会的看法、对人类生活的理解以及对道德和伦理问题的立场。

文学作品可以反映社会的道德观念。作家通过塑造角色和他们的行为来传达对道德问题的看法。文学作品可能涉及道德伦理问题，如诚实与欺诈、善与恶、正义与不义等。这些作品可以引发读者对道德问题的思考，帮助他们思考什么是对与错，以及社会应该如何应对这些问题。

文学作品可以反映社会的文化观念。不同的文化拥有不同的价值观念和信仰体系，而文学作品可以是文化观念的载体。作家通过文学作品传达了特定文化的特点、传统和信仰。这有助于读者更好地了解不同文化之间的差异和相似之处，促进跨文化理解和尊重。

文学作品可以反映社会对社会问题的立场和态度。社会问题如贫困、不平等、歧视、战争等常常成为文学作品的主题。作家通过描述和情节，表达了他们对这些社会问题的看法和态度。这有助于引发社会对这些问题的关注，激发社会辩论，促使社会寻求解决方案。

文学作品可以反映社会的历史观。历史是社会的一部分，文学作品可以通过历史事件和背景来反映社会的历史观。作家可能通过虚构的方式，将历史事件融入作品中，以便读者更好地理解社会的历史发展和演变。这有助于保留历史记忆，使人们不忘历史教训。

综上所述，文学作品在反映社会的态度和价值观方面扮演着至关重要的角色。作家通过作品中的角色、情节和主题，传达了他们对道德、文化、社会问题和历史的看法。这有助于引导社会思考，促进社会辩论，以及增进对不同文化和历史的理解。文学作品不仅是一种艺术表达，还是社会思考的重要渠道。

三、文学与社会问题的互动

社会问题成为文学的题材。文学作家常常选择社会问题作为主题。这些社会问题可以包括贫困、社会不平等、种族歧视、性别问题、战争、环境问题等。通过文学作品，作家试图呈现问题的真实性质，引起读者的关注和共鸣。例如，查尔斯·狄更斯的《雾都孤儿》描写了19世纪英国的贫困和社会不公，引发了社会对改善穷人状况的关注。

文学作品可以引发对社会问题的思考和讨论。作家通过作品，引发了读者对社会问题的深刻思考。读者可能会在阅读后思考如何应对这些问题，或者他们的观点和态度可能会受到作品的影响。这种思考和讨论有助于社会问题的认知和解决。例如，乔治·奥威尔的《1984》探讨了政府控制和言论自由的问题，引发了广泛的思考和辩论。

文学作品可以成为社会问题的声音。作家可以通过他们的作品传达对社会问题的看法和态度。这些作品有时被视为社会问题的声音，它们可以激发社会运动和改革。作家的声音可以激发人们对社会问题的关注，并推动社会变革。例如，《汤姆·索亚历险记》的作者马克·吐温通过作品反映了奴隶制度的不公，为废奴运动提供了支持。

社会问题也可以影响文学的创作。作家常常受到周围社会环境的影响，社会问题的出现可能会激发他们的创作灵感。社会问题可以成为作家的创作动力，激发他们探索这些问题的愿望。例如，二战期间的社会动荡和战争经历影响了许多作家的创作，如欧内斯特·海明威的《老人与海》中反映了对战争和人性的思考。

文学与社会问题之间的互动是复杂而丰富的。社会问题可以成为文学的题材，文学作品可以引发对社会问题的思考和讨论，作家的声音可以成为社会问题的声音，同时社会问题也可以影响文学的创作。这种互动有助于文学和社会之间的深刻联系，推动社会意识和改变。

四、文学与社会变革的互动

文学作品可以激发社会变革的愿望。一些文学作品通过描述社会的不公平、不平等和不道德现象，可以激发读者对社会变革的愿望。作家通过角色和情节，呼吁改变社会现状，寻求更公正和平等的社会。这种愿望可以激励人们参与社会运动和政治改革。例如，《格瓦拉日记》记录了切·格瓦拉的古巴革命经历，激发了全球范围内的社会变革愿望。

社会变革也可以成为文学作品的背景和情境。一些文学作品以历史事件、社会运动或政治变革为背景，通过角色的经历和故事情节来反映社会变革的影响。

这些作品可以帮助读者更深入地了解和体验社会变革的历史和情感。例如，奥尔德斯·赫胥黎的《1984》以极权主义社会为背景，呈现了个人权利和自由的丧失，反映了社会变革对个体的影响。

文学作品可以记录社会变革的历史。一些文学作家通过作品记录社会变革的历史时刻，使这些重大事件留存在文学之中。这有助于后人理解和评估社会变革的影响和成就。这些作品成为社会变革的见证者和记录者。例如，亨利克·斯宾格勒的《鼠疫》描述了20世纪的阿尔及利亚革命，成为革命历史的重要文学作品。

文学作品和社会变革之间的互动可以促进思考和讨论。社会变革通常引发了对社会问题的思考和讨论，文学作品可以作为这些讨论的一部分。作家的观点和创作可以引发对社会变革的深刻思考，而读者和评论家也可以对社会问题和变革发表意见。这种讨论有助于更全面地理解和评估社会变革的影响和后果。

文学与社会变革之间存在紧密的互动关系。文学作品可以激发社会变革的愿望，社会变革可以成为文学作品的背景和情境，文学作品可以记录社会变革的历史，这种互动也促进了对社会问题和变革的思考和讨论。这种互动丰富了文学的内涵，同时也推动了社会的变革和进步。

第六章　文学创作与媒体技术

第一节　互联网文学与虚拟空间

一、创作与传播的便捷性

互联网文学使创作更为便捷。传统文学创作可能需要作者面对纸张和笔，现在作者可以随时随地使用电子设备进行创作。这种数字化创作工具的普及使写作变得更加容易，不再受到时间和地点的限制。作者可以在灵感来临时即刻开始创作，而不必等待传统出版周期。互联网文学提供了广泛的传播途径。在传统出版领域，作者需要通过出版商的筛选才能将作品推向读者，而互联网文学打破了这一限制。作家可以在网络上自行发布作品，无需经过中间环节，直接面向读者。这种自由传播的机制极大地增加了作品被发现和阅读的机会。

虚拟空间的互动性也促进了创作与传播的便捷性。作家和读者可以直接互动，通过评论、点赞、分享等方式进行反馈。这种互动有助于作者更好地理解读者，改进作品，建立更紧密的联系。

互联网文学的兴起还促进了文学多元化。虚拟空间吸纳了各种风格、流派和主题的文学作品，从奇幻、科幻、言情到文学小说等，读者可以根据自己的兴趣选择。这种多元性满足了不同读者的需求，扩大了文学作品的市场。

互联网文学的商业化机会也增加了作家的收入来源。许多互联网文学平台提供了付费作品的机会，作家可以通过销售电子书或订阅模式来获得回报。此外，成功的互联网文学作品还有机会被改编成影视剧、动画、漫画等，为作家带来更多的商业机会。

互联网文学与虚拟空间的结合，使文学的创作与传播变得前所未有的便捷。这一趋势改变了作家的创作方式，扩大了作品的传播范围，丰富了文学的多元性，同时也创造了商业机会，对整个文学生态系统产生了深远影响。

二、文学多元化

互联网文学吸引了更多年轻和新兴作家参与创作。传统文学出版通常需要通过出版商或编辑的筛选，这对于年轻作家来说可能是一道障碍。然而，互联网文学提供了一个平等的创作机会，任何人都可以在虚拟空间中发布作品。这鼓励了年轻作家积极参与文学创作，拓宽了文学的创作阵地。

互联网文学推动了不同风格、流派和主题的文学作品的涌现。在虚拟空间中，读者可以找到各种类型的文学作品，从奇幻、科幻、言情、悬疑到文学小说等。这种多元性满足了不同读者的需求，使文学更具广泛吸引力。无论读者对哪种风格感兴趣，都可以在互联网文学中找到相应的作品。

互联网文学还促进了跨文化和跨地域的文学多元化。虚拟空间没有国界，作品可以跨越语言和地域传播。为读者提供了机会，他们能够接触到来自世界各地的文学作品，了解不同文化的视角和故事。这种跨文化的交流促进了文学的多元化，丰富了文学作品的内容和主题。

文学多元化也反映在创作风格和形式上。互联网文学鼓励创作者进行实验和创新，尝试不同的叙事技巧、叙事结构和写作形式。这种文学创新丰富了文学作品，使之更富创意和表现力。读者可以在互联网文学中发现更多的文学实验和风格，使阅读体验更加多元化。

　　总的来说，互联网文学通过虚拟空间提供了广泛的创作和传播机会，鼓励了文学多元化。这种多元性吸引了更多的作家涌入文学创作领域，满足了不同读者的需求，推动了跨文化的交流，同时也促进了文学创新。文学多元化是互联网时代文学的一大亮点，将继续塑造当代文学的未来。

三、读者参与度

　　虚拟空间为读者提供了与作者互动的平台。传统文学创作中，读者通常只能通过阅读作品来了解作者，与作者互动的机会相对有限。而互联网文学允许读者直接与作者沟通，通过评论、私信、社交媒体等方式提问、表达观点或提供反馈。这种互动加强了作者与读者之间的联系，使作者更好地理解读者需求和喜好。

　　读者的参与可以影响文学作品的发展。在虚拟空间中，作者通常会在作品连载或创作过程中与读者交流，接受建议和反馈。读者的意见和期望可以影响作者的创作决策，使作品更具亲和力和吸引力。这种互动也为读者提供了参与感和对作品走向的投入。

　　互联网文学还允许读者成为文学社区的一部分。在虚拟空间中，有许多文学社区和平台，读者可以在这些社区中分享作品、阅读作品，以及与其他文学爱好者互动。这种社交化的文学体验增强了读者的参与感，使他们可以与读友分享兴趣和创作。

　　读者参与度也可以推动文学创新。读者的反馈和意见可以激发作者尝试新的创作方向或实验不同的文学风格。互联网文学鼓励文学实验和创新，读者的参与促进了文学领域的多元化和创新。

　　总的来说，互联网文学和虚拟空间的兴起为读者提供了更多参与文学创作和交流的机会。这种读者参与度加强了作者与读者之间的联系，影响了文学作品的发展，推动了文学创新，同时也为读者提供了更多社交化的文学体验。互联网时代的读者不再仅仅是作品的被动消费者，而是文学社区中的积极参与者，共同推动着文学的进步和发展。

四、网络文学市场

网络文学平台的崛起。互联网文学平台是作家和读者互动的主要场所，这些平台为作家提供了在线发布作品的机会。在平台上，作家可以自由地连载小说、散文、诗歌等作品，吸引读者的关注。一些知名的网络文学平台，如起点中文网、红袖添香、创世中文网等，已经成为作家的首选发布平台。这种形式的出版允许作家实现自主创作，降低了出版门槛，同时也为读者提供了更多的阅读选择。

自媒体的兴起。自媒体是一种新型的文学创作和传播方式，作家可以通过博客、微信公众号、自媒体平台等发布作品和观点。自媒体作者可以吸引粉丝，建立自己的品牌，通过内容创作实现商业化变现。自媒体的兴起为作家提供了更多的曝光机会和创作自由度。

电子书市场的扩展。随着电子阅读设备的普及，电子书市场呈现出快速增长的趋势。作家可以将作品制作成电子书，通过在线书店销售。这为作家提供了更广泛的读者群，尤其是那些追求便捷和多样性的年轻读者。

商业化机会的多样性。网络文学市场不仅包括作品的在线发布，还涵盖了付费作品、IP改编、线下活动等商业化机会。作家有机会将作品授权给影视公司进行影视改编，或将作品改编成漫画、游戏等跨媒体IP。这为作家带来了多元化的创收机会。

网络文学市场已经成为一个充满机会和活力的领域，为作家提供了更多创作和商业化机会。互联网的崛起改变了文学的传统生态系统，促进了文学市场的多元化和创新。这对于文学产业的发展和文学创作的多样化都具有重要意义。

第二节 移动阅读与手机文学

一、随时随地的阅读

便携性和方便性。移动设备的小巧便携成为了理想的阅读工具。读者不再需要携带厚重的纸质书籍，只需一个轻便的设备就可以存储数百本书。这样，无论是在公共交通工具上、休息时间、旅行中，还是在等待医生、食堂用餐时，都可以轻松阅读，填充碎片化时间。

多样化的内容。移动阅读应用程序通常提供了广泛的图书和文学作品，涵盖了不同的风格、流派和主题。这意味着读者可以随时随地选择感兴趣的内容，满足个性化的阅读需求。无论是小说、散文、诗歌、漫画，还是专业书籍，都可以在移动设备上找到。

数字书签和云同步。许多移动阅读应用程序具有书签功能，允许读者标记他们上次阅读的位置。而云同步功能则使读者可以在不同设备上同步他们的阅读进度，无需担心进度丢失。这种连贯性对于长篇小说或学术读物的读者尤为重要。

增强的互动性。一些移动阅读应用程序提供了互动元素，如在线书评、社交分享、读者评论等。这扩展了阅读体验，使读者之间能够交流和分享阅读感受，也让他们更深入地理解作品。

随时随地的阅读通过移动阅读技术为读者带来了更便捷、多样化和互动性的阅读体验。这种方式已经深刻地改变了人们的阅读习惯，使文学作品更容易被融入日常生活，提高了文学的可及性，促进了文学的传播。

二、推广短篇小说

短小精悍。移动设备的使用和阅读习惯使得读者更容易接受短篇小说。在繁忙的现代生活中，人们可能没有足够的时间或耐心来阅读长篇小说，而短篇小说和微型小说则以其简短的篇幅和紧凑的叙事吸引了读者。作者必须在有限的字数内传达情感、创造角色和构建故事情节，这要求他们具备精炼的写作技巧。

社交分享。移动阅读平台通常提供了社交分享的功能，读者可以轻松地将自己喜欢的短篇小说分享给朋友和社交媒体上的关注者。这种社交分享的机制有助于短篇小说的传播，因为读者通过分享将作品引入了更广泛的读者群体。

创作者的机会。移动阅读平台为新兴作家和独立作者提供了展示创作才能的机会。相较于传统出版渠道，这些平台更容易获得发布机会，让作者将自己的作品呈现给广大读者。这种机会的扩展推动了更多的文学创作者涌入短篇小说创作领域。

多样化的主题。短篇小说和微型小说适合各种主题和风格，因此在移动阅读平台上，读者可以找到各种各样的故事，涵盖了浪漫、奇幻、惊悚、科幻、社会问题等主题。这种多样性满足了不同读者的需求，因为他们可以根据兴趣选择自己喜欢的作品。

移动阅读平台的兴起为短篇小说和微型小说的传播提供了新的机遇，这使得这些形式的文学作品在当代文学界得以茁壮成长。短篇小说不仅简洁而又充满内涵，而且能够通过社交分享迅速传播，吸引新一代读者和创作者的加入，为文学带来了新的活力。

三、个性化推荐

个性化推荐提供了更丰富的阅读体验。通过分析用户的阅读历史、喜好和行为，移动阅读应用能够为读者提供与其兴趣相关的文学作品。这种针对性的推荐使读者更容易发现新的作家、新的作品和新的主题，丰富了阅读体验。读者可以享受到更多多样性的文学作品，从而不断拓展自己的阅读领域。

个性化推荐有助于新作家的被发现。众多作家和作品涌现于移动阅读平台，但新兴作家可能难以获得广泛的曝光。通过个性化推荐，有潜力的新作家可以更容易被推荐给潜在读者，使他们的作品获得更多关注。这种机制激发了新作家的创作热情，促进了文学创作的多元化。

个性化推荐鼓励作者创作更多元化的作品。作家可以根据读者的反馈和喜好来调整创作方向。这种实时的互动反馈有助于作家更好地了解读者的需求，创作更多符合市场需求的作品。同时，作家也可以探索不同的风格和主题，为读者提供更多多元化的作品。

个性化推荐有助于文学市场的发展。通过根据用户兴趣推荐文学作品，移动阅读应用提高了用户的黏性和忠诚度，鼓励他们更频繁地使用这些应用。这对于文学市场和平台的持续增长具有积极影响，吸引了更多的读者和作家加入其中。文学市场的扩大也推动了文学产业的发展，为作家提供了商业机会，如付费作品、IP 改编等。

个性化推荐是移动阅读应用的重要特性，它为读者提供了更丰富的阅读体验，为新兴作家提供了曝光机会，鼓励作者创作更多多元化的作品，促进了文学市场的发展。这一功能在移动阅读应用中起到了积极的作用，推动了文学领域的创新和发展。

四、数字图书馆

数字图书馆提供了更广泛的文学资源。传统的图书馆通常受到实际空间的限制，无法容纳大量的书籍，因此它们只可能提供有限的文学作品。但数字图书馆不受物理空间的限制，可以容纳数以千计甚至数以百万计的电子书。这使得读者可以访问更广泛的文学资源，包括经典文学、当代作品、各种流派和主题的文学作品。

数字图书馆提供了便捷的阅读方式。读者可以在任何时间、任何地点使用移动设备访问数字图书馆，租借或购买电子书。这种便捷性使人们更容易融入阅读，无需携带大量纸质书籍，可以在等车、等人、旅行或休闲时享受阅读。数字图书馆提供了灵活性和便捷性，满足了现代人的阅读需求。

数字图书馆支持自出版和新兴作家。对于那些希望将作品分享给更广泛受众的作家来说，数字图书馆提供了自出版的机会。这意味着新兴作家可以自行发布作品，无需经过传统出版渠道。这为新兴作家提供了更多机会，使作品能够被更多人看到。

数字图书馆促进了文学作品的传播和保存。电子书的数字化形式意味着文学作品可以更容易地被复制、传播和存档。这有助于保护文学作品，使它们不易丢失或损坏。同时，数字图书馆也为学术研究提供了丰富的材料，研究人员可以轻松访问和引用数字化文学作品。

数字图书馆是数字出版和移动阅读技术的一项重要成就，为读者提供了更广泛的文学资源和便捷的阅读方式。它还支持自出版和新兴作家，促进了文学作品的传播和保存。数字图书馆在数字化时代中发挥着重要的作用，推动了文学领域的发展和创新。

第三节 数字出版与电子书

一、可持续性与环保

电子书的数字形式减少了对纸张的需求。传统的纸质书籍印刷需要大量纸张,直接导致了对森林资源的过度消耗。相比之下,电子书是以数字形式存在的,无需纸张。这意味着更少的树木被砍伐,减少了对森林的破坏,有助于维护生态平衡。

电子书的数字化传播降低了物流成本。传统纸质书籍需要印刷、装订、运输和销售,这些过程都涉及能源消耗和碳排放。与之相比,电子书的传播是通过互联网进行的,无需物理书店、库存和物流。这减少了能源的使用,降低了碳排放,有助于减缓气候变化的影响。

电子书的数字化形式也降低了垃圾产生。纸质书籍通常在生命周期结束后成为垃圾,需要处置。而电子书可以无限次复制和传播,不会产生废弃书籍。这有助于减少废弃物的产生,降低了对垃圾处理设施的需求。

电子书的数字格式有助于文学作品的长期保存。纸质书籍容易受到磨损、褪色和湿气的损害,导致宝贵的文学作品的丧失。而数字化的电子书可以轻松地被存档和备份,以确保它们可以长期保存,不受时间和环境的侵害。

电子书的便携性也有助于减少资源的浪费。读者可以将数百本电子书存储在一台设备上,而不需要占用大量的书架空间。这减少了家具和材料的需求,从而减少了对资源的消耗。

电子书的兴起和数字出版的发展在环保和可持续性方面带来了多重好处。它们降低了对纸张和物流的需求,减少了碳排放,减少了垃圾产生,有助于文学作品的长期保存,并减少了资源的浪费。电子书的可持续性是一种对环境友好的文学形式，有助于维护地球的生态平衡。

二、便携性与存储

电子书的便携性使阅读更加灵活。在过去，如果想阅读多本书，特别是在旅行时，你必须为每本书分配空间，这可能是不方便的。然而，电子书可以在一个小巧的设备上存储成千上万本书，使您能够根据需要轻松切换不同的阅读材料。这对于旅行者、商务人士和学生来说是一项极大的便利，他们可以轻松携带自己的图书馆，无需担心书籍的重量和占用空间。

电子书的便携性改变了阅读的时间和地点。由于电子书可以随身携带，可以随时随地阅读，而不必局限于特定的时间或地点。您可以在公共交通工具上、等待医生的诊室中、健身房里或旅行时轻松打开设备进行阅读。这种灵活性有助于充分利用碎片时间，让阅读变得更加方便和高效。

电子书的存储和管理非常方便。传统书籍需要书架或存储空间，而电子书可以轻松存储在电子设备中。此外，您可以使用文件夹和标签轻松组织和管理电子书库。能够迅速找到所需的书籍，无需在书架上翻找。电子书阅读设备还提供了书签和搜索功能，使您可以轻松标记和查找特定页面或段落。

电子书的便携性推动了数字图书馆的发展。许多图书馆和教育机构已经提供了电子书的借阅服务，这意味着读者可以在不购买书籍的情况下，访问大量文学作品。这有助于降低图书馆的实际成本，提供更多的阅读选择，同时减少了对印刷纸张和物流的需求。

电子书的便携性有助于保护纸质书籍。对于珍贵的古籍和文化遗产，数字化也有助于其保存和传承，减少了对原始文献的磨损。

电子书的便携性在多个方面提供了巨大的便利。它改变了人们的阅读方式，使阅读变得更加灵活、方便和高效，同时，有助于资源的可持续利用和图书馆的数字化发展。电子书的便携性已经成为现代生活的一部分，为读者提供了更多的阅读选择和便利。

三、交互性与多媒体

多媒体元素的加入增加了电子书的吸引力。电子书可以包含音频和视频片段，这意味着读者可以不仅仅通过文字，还通过声音和图像来理解故事。特别是对于儿童图书，这种多媒体元素可以使故事更生动，更容易引起读者的兴趣。例如，在儿童绘本中，可以包括配音、音乐和动画，使故事更加生动有趣。对于教育领域，多媒体元素可以用于教学资料，让学生更好地理解和记忆知识。

电子书的互动性使阅读变得更加参与和有趣。通过触摸屏幕或点击链接，读者可以参与到故事中，探索隐藏的内容、选择不同的情节走向或与虚拟角色互动。这种互动性特别适合互动小说、游戏书和教育应用。互动电子书可以促进读者的主动参与，增加他们对故事的投入，提高阅读的参与感。

多媒体和互动内容可以提高阅读的理解和记忆。研究表明，与传统文本相比，多媒体内容更容易引起读者的兴趣，促进信息的吸收。音频和视频可以帮助读者更好地理解复杂的情节或概念。在教育领域，对于学生的学习非常有益。例如，电子教科书可以包含视频示例、互动模拟和自测题，有助于学生更好地掌握知识。

多媒体和互动内容也拓宽了电子书的应用领域。电子书不再局限于小说和散文，适用于多种领域，如儿童文学、教育教材、科普读物、旅行指南和专业手册。多功能性使电子书成为满足不同需求的强大工具。

多媒体和互动内容在电子书的数字化存储中也发挥了重要作用。电子书可以包括链接到其他资源或在线内容的超链接，使读者能够深入了解相关主题。这为深度学习和信息检索提供了便利，也有助于读者探索更广泛的主题和知识领域。

电子书的多媒体元素和互动性使阅读变得更具吸引力、生动和有趣。它们提供了更多的选择和便利，对儿童图书、教育、娱乐和专业领域都产生了积极的影响。多媒体和互动电子书已经成为数字时代阅读的一部分，为读者带来更加多样化的阅读体验。

四、数字图书馆的扩展

数字出版和电子书扩展了图书馆的馆藏。传统图书馆依赖于纸质书籍和印刷资料，而现在它们可以通过数字出版平台获取和提供电子书。这意味着图书馆可以提供更多的书籍，尤其是难以获得的古籍、罕见书籍或新兴作品。读者可以通过数字图书馆访问电子书，无需亲自前往图书馆，使阅读更为便捷。

数字图书馆可以满足不同读者的需求。电子书的多样性意味着图书馆可以为各种年龄层和兴趣领域的读者提供更多选择。从儿童图书到学术期刊，从小说到专业手册，数字图书馆可以满足各种需求的读者。这有助于推广阅读，并吸引更多读者前来使用图书馆资源。

数字图书馆可以提供更多便捷的服务。读者可以通过数字图书馆的在线目录搜索和借阅电子书，而无需实际到图书馆去。这种在线访问增加了图书馆的可及性，使人们更容易利用图书馆资源。此外，数字图书馆还可以提供远程参考和阅读建议，为读者提供更好的服务。

数字图书馆为学术和研究领域提供了更多支持。学术图书馆可以扩展其数字馆藏，为学生和研究人员提供更多的学术资源。电子书和在线期刊使学者能够更轻松地访问所需的学术资料，促进了研究工作的进行。此外，数字图书馆也可以保存和提供学术论文和研究成果，为知识的传播和共享提供了平台。

数字图书馆的扩展与环保相关。电子书的数字化存储减少了对纸张和印刷的需求，有助于降低对森林资源的依赖，符合可持续发展的理念。这对于注重环保和可持续性的图书馆和读者来说是一个积极的方面。

数字出版和电子书对数字图书馆的扩展提供了机会，使图书馆更好地满足了读者的需求，提供更多的书籍和服务。数字图书馆已经成为现代图书馆的一部分，为读者提供了更多的选择和便利。这一趋势将继续塑造图书馆的未来，促进知识的传播和共享。

第四节　社交媒体与作品传播

一、社交分享

社交媒体为读者提供了分享阅读体验的平台。读者可以在社交媒体上发布书评、摘录、阅读心得和评论，将感受与朋友、亲戚和关注者分享。这种社交分享使读者能够将他们对文学作品的看法传达给更广泛的受众，同时，也为其他人提供了有关书籍的信息和建议。这进一步推动了文学作品的传播，使更多人对这些作品产生兴趣。

社交媒体的分享功能鼓励读者之间的互动。读者可以在社交媒体上与其他人讨论书籍，分享疑虑、赞誉和问题。这种互动有助于建立文学社区，使读者能够互相交流并发现新的书籍和作家。这种互动也可以促进深入的文学讨论，激发更多的思考和探讨。

社交媒体的分享功能有助于作家与读者之间建立联系。作家可以在社交媒体上与读者互动，回应读者的评论和问题，分享写作过程和创作背后的故事。这种联系使作家更亲近读者，建立了更加紧密的书友关系，鼓励读者更多地了解作家和作品。

社交媒体还为文学作品的宣传和推广提供了新的途径。作家、出版商和书店可以使用社交媒体平台发布关于新书、签售活动和文学活动的信息。这种宣传有助于吸引更多读者，并提高文学作品的知名度。社交媒体的分享功能为文学作品的口碑传播提供了有力的支持。读者的分享和推荐在社交媒体上可以快速传播，使书籍和作家的名声迅速传遍互联网。这种口碑传播对于文学作品的成功与否至关重要，因为它可以引起更多读者的兴趣，增加销售和知名度。

社交媒体的社交分享功能对文学作品的传播和互动产生了积极的影响。它鼓励读者分享阅读体验，促进互动和讨论，建立读者与作家之间的联系，为作品的宣传和推广提供了新的途径，同时也促进了口碑传播。这一趋势将继续在文学领域中扮演重要的角色，将文学作品带给更广泛的读者群体。

二、作者和读者互动

第一，社交媒体为作家提供了与读者互动的便捷渠道。传统上，读者与作家之间的互动通常是通过书籍签售、文学活动或书信来实现的，这通常限制了互动的频率和范围。然而，通过社交媒体平台，作家可以随时随地与全球范围内的读者互动。他们可以回应读者的评论、问题和建议，分享创作过程中的点滴，甚至展示日常生活。这种实时性和便捷性加强了作家与读者之间的联系，使作家更容易建立忠实的读者群体。

第二，社交媒体为读者提供了更多了解作家的机会。通过作家在社交媒体上的分享，读者可以了解作家的生活、兴趣、观点和写作背后的故事。这种互动让读者觉得他们更了解作家，这可能会增加他们对作家及其作品的情感投入。读者可能更愿意支持和推广与之建立更紧密联系的作家。

第三，社交媒体的互动促进了文学讨论和交流。读者可以在社交媒体上分享对作家的评论、书评和阅读心得，与其他读者一起讨论书籍和作家。这种文学社交在虚拟空间中形成了一个互动的文学社区，使读者能够更深入地探讨他们所热爱的文学作品。这种交流不仅加强了读者之间的联系，还有助于文学讨论的丰富性和多样性。

第四，社交媒体的互动促进了文学作家之间的联系。作家可以在社交媒体上互相交流、合作和分享经验。这种互动不仅有助于作家之间的职业发展，还为文学创作提供了新的灵感和合作机会。这对文学界的创新和多元化产生了积极影响。

社交媒体为作家和读者之间的互动提供了丰富多彩的机会。它不仅加强了作家与读者之间的联系，也促进了文学讨论和交流，有助于文学社区的形成，同时，也促进了作家之间的互动和合作。社交媒体在文学领域的崭新作用将继续塑造文学的未来。

三、文学社区

文学社区在社交媒体上提供了一个共享和讨论文学作品的平台。这些社区通常由文学爱好者和作家组成，他们分享作品、书评、阅读体验以及对文学的见解。这种共享和互动加强了文学社区的凝聚力，使参与者能够更好地了解和欣赏文学作品。无论是分享自己的创作还是推荐喜爱的书籍，这种分享文学的方式促进了文学文化的传播和传承。

文学社区为作家提供了一个展示和发展创作才华的平台。作家可以在这些社区上发布小说、散文、诗歌等作品，获得读者和其他作家的反馈和评论。这种反馈对于作家来说非常有价值，有助于他们改进和完善作品。此外，一些文学社区举办写作挑战和比赛，激发了作家的创作灵感，为他们提供了发表作品的机会。

文学社区为文学讨论提供了一个有声音的场所。在这些社区中，文学爱好者和作家可以深入探讨书籍、作家、文学流派等话题。他们可以就书籍的主题、情节、角色深入交流，分享解读和见解。这种文学讨论不仅促进了文学作品的理解和分析，还为读者提供了更多有关书籍的信息，有助于丰富他们的阅读体验。

文学社区也为合作提供了机会。许多作家在这些社区中找到了合作伙伴，一起创作小说、编写故事，甚至展开跨文化和跨国合作。这种合作激发了创新和多样性，为文学创作注入了新鲜的元素。文学社区在促进文学作品的分享、讨论、反馈和合作方面发挥了重要作用。它们为文学爱好者和作家提供了一个丰富多彩的空间，鼓励了文学创作的共同发展。这些社区将继续在文学领域发挥重要作用，为文学社会的繁荣和创新做出贡献。

四、作品的病毒传播

病毒式传播可以使文学作品快速获得大规模的关注。通过社交媒体平台，作家或出版商可以发布文学作品的片段、摘录、或引人注目的特点，以吸引用户点击、分享和评论。如果内容具有足够的吸引力，它们可能会在短时间内在社交媒体上迅速传播，获得大量的阅读者关注。这种现象类似于口口相传，传播速度几乎是指数级增长的，从而将更多人引向该作品。

社交媒体的病毒式传播为作家提供了更多商业机会。当作品在社交媒体上获得大规模关注后，作家可以考虑将其商业化，例如出版电子书、印刷版书籍、影视改编等。这可以带来作品的商业化成功，也为作家创造了更多的收入来源。此外，对于自助出版的作者来说，社交媒体上的病毒式传播可能是他们获得知名度和成功的关键。

这种传播现象推动了文学的多元化。社交媒体上的病毒传播不仅仅局限于传统文学，还包括微型小说、微小说、微诗和其他形式的短篇文学作品。这种多元化有助于吸引更多年轻读者，鼓励更多新兴作家参与创作，拓宽了文学领域的多样性。

社交媒体上的病毒传播强调了文学作品的社交性质。作家、读者和评论家之间的互动在社交媒体上尤为显著，作品的传播常常伴随着讨论、评论和分享。这种社交性使文学成为一个更加互动和共享的体验，强化了文学作品与读者之间的联系。社交媒体的病毒式传播为文学作品的传播和商业化提供了机会，鼓励文学的多元化，并突出了文学的社交性质。这种现象将继续对文学产业和文学社会产生积极的影响，为更多作家和读者带来机会和乐趣。

第五节　影视改编与文学作品

一、拓宽受众

影视改编拓宽了受众的范围。文学作品通常以书籍的形式存在，然而不是每个人都有时间或兴趣去阅读长篇小说。影视改编将原著故事呈现在屏幕上，可以吸引那些可能不会阅读原著的人。这意味着文学作品可以触及更广泛的受众，包括那些对书本不太感兴趣的受众。这对于将文学作品的精髓传递给更多人来说是一个重要的方式。

影视改编可以增加对原著的关注。当一本书被改编成电影或电视剧时，通常会吸引更多的注意力。观众可能对电影或电视剧产生兴趣，然后被鼓励去阅读原著以，了解更多内容。这种相互影响可以增加原著的销量，提高了作家的知名度。

影视改编为文学作品赋予了新的生命。当一本书被改编成电影或电视剧时，它获得了新的表现方式和媒体形式。观众可以通过视觉和听觉体验来理解故事，这可能会加深他们对作品的理解。此外，影视改编也可以为原著带来新的生命周期，使一些经典文学作品重新进入公众视野。

影视改编有助于推广文学作品的国际传播。一部成功的电影或电视剧通常会在国际市场上引起关注，原著的国际知名度提高。这也为更多国际读者提供了机会，了解和阅读原著，促进了文学作品的国际传播。

影视改编通过拓宽受众范围、增加对原著的关注、赋予文学作品新的生命和推广国际传播等方面，对文学产业和作品本身都产生了积极的影响。这种方式有助于文学作品在不同媒体和受众之间建立联系，提高了文学作品的影响力和知名度。

二、提升文学知名度

影视改编作品可以吸引观众的兴趣。电影或电视剧通常拥有视觉和听觉元素，这使得原著的故事更具吸引力和可感性。观众通过电影或电视剧中的视觉效果、演员表演和音乐等因素更容易被吸引到故事中。一旦观众被故事情节吸引，他们更有可能产生阅读原著的兴趣，以深入了解更多细节和情节。

影视改编作品通常会在宣传和广告方面投入大量资源。电影或电视剧的发布通常伴随着广泛的宣传活动，包括电视广告、海报、社交媒体推广等。这些宣传活动可以使更多人了解原著文学作品的存在，并激发他们的兴趣。此外，大量的宣传也能够提高作者的知名度，使其成为公众关注的焦点。

成功的影视改编作品常常会引发讨论和热议。观众可能会争论电影或电视剧如何与原著相符，或者对影视改编的内容提出问题。这些争论和讨论可以引起媒体的关注，使原著文学作品成为备受关注的话题。阅读原著作品的读者也可以参与这些讨论，从而进一步提高文学作品的知名度。

影视改编作品还可以吸引国际观众。一部成功的国际影视改编作品可以在全球范围内引起关注，使原著文学作品在国际市场上得到推广。这也为国际读者提供了机会，了解原著文学作品，促进了文学作品的国际传播。

影视改编作品有助于年轻读者接触文学。年轻观众可能更容易接受电影或电视剧的形式，然后被鼓励去阅读原著。这对于培养年轻一代的文学兴趣和阅读习惯非常重要，有助于文学作品的传承。

影视改编作品通过吸引观众的兴趣、宣传、讨论和争议、国际市场推广以及吸引年轻一代读者等方面，对原著文学作品的知名度提升发挥了重要作用。这种过程有助于扩大文学的影响范围，使更多人有机会接触和欣赏文学作品。

三、多元化的创作

影视改编作品可以为原著带来新的视角和解释。导演、编剧和演员可以通过视觉和声音的表达方式，将原著中的情节和人物呈现出新的光彩。他们的创意和艺术处理方式可以赋予原著以新的生命，帮助观众更深入地理解故事。

影视改编作品通常会扩展原著中的情节和角色。由于电影和电视剧的时间限制，改编作品通常需要压缩或扩展原著的内容，导致原作的情节和角色得到更多的探索和发展。这种扩展有时会引入新的情节线，让观众更深入地了解原著世界。

改编作品可以在原著基础上加入新的创意元素。这些元素可能包括视觉效果、音乐、角色对话等。这些创意元素有时赋予原著新的情感深度和情感共鸣，使观众更容易与故事和角色产生联系。

改编作品可以在原著的基础上加入现代元素。这些现代元素可以涉及技术、社会和文化等方面。这使得观众能够更好地将原著与当今世界联系起来，加深对故事和主题的理解。

影视改编作品可以针对不同的受众需求进行改编。例如，一部经典小说可能会被改编成适合儿童的电影，或者适合成人的电视剧。这种针对不同受众的改编有助于拓宽原著的受众范围，使更多人有机会欣赏和理解原著作品。

影视改编作品丰富了原著文学作品的内容，通过新的视角、扩展情节和角色、创意元素、现代元素以及受众需求的考虑，为观众提供了更多的方式来体验原著作品。这种多元化的创作对于提升原著文学作品的吸引力和可读性起到了积极的作用。

四、文学与影视的互动

成功的影视改编作品可以激发更多的讨论和争议，使原著文学作品再次受到关注。当一部电影或电视剧基于一部知名的文学作品制作时，过程本身就会引发广泛的讨论。人们会讨论电影或电视剧对原著的忠实程度，对角色的选择，以及情节的改变，等等。这种讨论不仅激发了对原著的兴趣，也增加了对影视作品的期待。这种争议和互动可以提升原著文学作品的知名度和可见性。

影视作品可以为原著作品引入新的读者。一部成功的电影或电视剧通常会吸引大批观众，其中一部分可能并不熟悉原著。这样，影视作品充当了一种"起点"，引领新读者进入原著文学作品的世界。这为原著带来了新的读者群体，甚至可能激发了这些新读者对文学的兴趣，使他们愿意深入了解更多的文学作品。

文学与影视的互动也有助于文学作品的多样化传播。一部成功的电影或电视剧可能会带来对原著的再版或翻译，以满足新读者的需求。这种多样化的传播方式扩大了文学作品的受众范围，使更多的人能够以不同的方式接触到原著作品。

影视作品的成功也可以为原著作品带来商业机会。例如，影视改编作品可能会激发相关商品的销售，如周边产品、特别版书籍等。这些商业机会可以为文学作品的出版商、作者和版权持有人带来收益。文学与影视的互动也促使作家和创作者更多地考虑电影或电视改编。有些作家可能会参与到影视作品的制作中，或者在改编过程中发表意见。这种合作和互动有助于文学和影视领域的专业人士相互学习和合作，创造更多的文学与影视精品。

文学与影视之间的互动丰富了二者的领域，提升了原著文学作品的知名度、可读性和受众范围，也为两个领域的专业人士和爱好者带来了更多合作和创作的机会。这种互动是文学和影视领域的共赢，为文学作品的传播和发展注入了新的活力。

第七章 文学批评与研究

第一节 中国现当代文学的批评传统

一、继承古代文学批评传统

中国现当代文学的批评传统继承了古代文学批评的精神，并将该传统延续至今。这一传统强调文学作品的美学价值、文化内涵和人文精神，既承载着中国古代文学批评的基因，又与现代时代背景相结合，形成了独具特色的现当代文学批评传统。

（一）古代文学批评的影响

中国古代文学批评有着悠久的历史，涵盖了诗、词、赋、小说等文学作品。这些批评传统强调文学作品的艺术表现、修辞手法、文化内涵以及与时代、社会背景的关联。现当代文学批评传统继承了这一思想，并试图将其与当代文学相结合。

（二）美学价值的强调

中国现当代文学批评传统强调文学作品的美学价值。这包括对文学作品的语言运用、修辞手法、叙事结构等方面的审美分析。传统文学批评注重文学艺术的审美价值，现当代文学批评继续注重文学作品的审美品质，追求文学的艺术性和美感。

（三）文化内涵的探究

现当代文学批评传统不仅强调文学作品的审美特征，还注重文化内涵的探究。作品的文化背景、历史传统、哲学思想等方面，都被纳入批评范畴，以帮助读者更深刻地理解文学作品。

（四）人文精神的弘扬

中国文学一直强调人文精神，现当代文学批评也秉承这一传统。批评家常常关注作品中的人文主题，如人性、伦理道德、情感表达等。文学作为人文领域的一部分，继续弘扬和探讨人文精神。

中国现当代文学的批评传统是一个丰富多彩的领域，既继承了古代文学批评的精神，又与当代文学相互融合，为文学的研究和理解提供了有益的参考。这一传统在不断发展和丰富中，为中国文学的繁荣与发展作出了积极贡献。

二、社会背景和历史性

（一）社会现实的反映

中国现当代文学批评认为文学作品不仅仅是纯粹的艺术创作，还应该被视为对社会现实的反映。文学作品被看作是社会现象和历史事件的镜子，通过文学作品可以了解社会问题、政治变革和文化发展。

（二）文学与社会互动

文学作品的创作和接受常常与社会和历史事件息息相关。文学批评者开始关注文学作品如何在不同历史时期反映社会现实和文化情感，以及如何受到社会变革和政治运动的影响。

（三）批评的多元化

强调社会背景和历史性的文学批评导致了批评方法的多元化。不同的批评学派，如社会历史批评、结构主义批评、女性主义批评等涌现，以更好地解析文学作品中的社会和历史维度。

（四）文学作品的文化解读

随着社会背景和历史性的重要性增加，文学批评者开始更深入地探讨文学作品中的文化元素。文学作品被视为承载着文化价值观、信仰和传统的载体，文学批评通过文化解读来理解其中的深层内涵。

这种变革使文学批评从传统的美学取向转向更注重文学作品与社会、历史和文化之间关系的维度。社会背景和历史性成为解读文学作品的重要视角，拓展了文学批评的范畴，使其更具深度和复杂性。

三、不同时期和学派的差异

（一）五四运动后的现代主义批评

五四运动是中国现代文学的一个重要历史节点，它带来了现代主义思潮。现代主义文学批评强调对文学的审美价值和艺术性的追求。批评者认为文学作品应该独立于社会和道德因素，注重文学的语言和形式。这一时期的批评者关注文学的形式创新和艺术实验，强调作品的个性和独特性。现代主义批评的代表人物如胡适、鲁迅等，在文学批评中推动了对传统文学形式的革新。

（二）新文学批评

新文学批评在中国文学史上也占有重要地位，尤其是 20 世纪中叶。新文学批评强调文学的社会性和政治性，将文学作品视为社会变革和政治抗议的工具。批评者关注文学作品中的社会问题、人民的呼声以及对不公正和不平等的抨击。他们强调文学作品的社会责任，认为文学应该为社会发声。新文学批评的代表人物如魏巍、艾青等，他们的作品和批评理论强调文学作品与时代相结合，服务于社会进步。

（三）后现代主义批评

后现代主义是中国现当代文学批评中的一个重要学派，强调对权威和权力的怀疑，以及对文学真实性的挑战。后现代主义批评者关注文学作品中的叙事复杂性和多样性，拒绝单一的真理和权威观点。他们提出了不同的叙事策略和解构主义观点，鼓励读者参与文本的构建，追求多元化和多义性。

（四）女性文学批评

在中国现当代文学批评中，女性文学批评成为一个重要的学派。它关注女性在文学中的地位和声音，探讨性别问题和女性经验。女性文学批评者强调文学作品中的女性视角和性别意识，探索女性在文学创作和阅读中的作用。这一学派的代表人物，如陈平、李碧华等，他们的批评和文学作品促使了性别平等和女性权利的讨论。

中国现当代文学批评传统在不同时期和学派中呈现出多样性和差异。这些多样性和差异反映了文学批评在不同历史背景和思想潮流下的演变，强调文学作品的多维性和多义性。这一传统在多样性中持续发展，丰富了中国现当代文学的批评研究。

四、情感和审美价值

（一）情感的传达

文学作品是情感的表达媒介。作家通过角色、情节和对话来传达各种情感，如爱、恐惧、忧虑、喜悦等。批评者关注作品中情感的真实性和深度，分析作家如何通过语言和描写方式唤起读者的情感共鸣。情感的传达是文学作品与读者之间建立情感联系的关键。

（二）审美价值的评估

文学批评强调文学作品的审美价值，即作品的美感和艺术性。批评者分析作品的语言、结构、修辞和意象等因素，评估作品的美学质量。他们关注作家的文学技巧和创造力，探讨审美亮点。审美价值的评估有助于读者欣赏文学作品的艺术性，认识到文学的独特之处。

（三）情感与审美的交互

情感和审美常常相互交织在文学作品中。情感可以通过审美手法来表达，审美价值也可以影响读者的情感体验。批评者探讨情感与审美之间的关系，如何审美表达加深情感共鸣，以及情感如何影响对审美的理解。这种交互丰富了文学作品的内涵，使其更具感染力和深度。

（四）读者的情感体验

文学作品不仅在情感上影响读者，还在情感上启发他们。批评者关注读者的情感体验，研究作品如何引导读者的情感反应。他们考虑读者的情感共鸣，文学作品如何激发读者的情感和思考。情感体验不仅是文学作品的阅读目标，还是文学批评的一个重要议题。

第二节　文学研究方法与趋势

一、多元化方法

（一）文本分析

文本分析是文学研究的核心方法之一。它涉及对文学作品的详尽研究，包括对文本结构、语言、修辞、象征和主题的分析。文本分析有助于理解作家的写作风格，揭示文学作品的内涵和含义。研究者可以透过文本分析来挖掘作品中的隐含信息，理解角色的性格和情感，以及作品背后的象征意义。

（二）历史文化背景研究

文学作品往往受到所处时代和文化环境的影响。历史文化背景研究涉及到对作品创作时代的历史事件、社会风貌、政治状况和文化氛围的分析。这有助于解释作品中的时代特点和作者对社会变革的回应。研究者可以通过历史文化背景研究，来揭示作品与其所处时代的联系，深入探讨文学作品的历史性。

（三）跨文化研究

跨文化研究关注不同文化背景下的文学作品和文化现象。允许研究者比较不同文化间的共同之处和差异，探讨文学的跨文化价值。跨文化研究有助于理解文学作品在全球范围内的影响和传播。它促使研究者超越国界，深入探讨文学的普遍性。

（四）多学科交叉研究

多学科交叉研究将文学与其他学科相结合，例如，心理学、社会学、哲学、历史和人类学等。这种方法可以为文学研究提供新的视角和观点。多学科研究可以探讨文学与社会、文化和人类经验之间的联系。它推动了文学的交叉学科研究，拓宽了文学研究领域。

二、数字人文和计算文学研究

文学研究采用多元化方法，包括文本分析、历史文化背景研究、跨文化研究和多学科交叉研究。这些方法的综合运用丰富了文学研究领域，使研究者能够更全面地理解文学作品和文学的文化背景。

文本分析是一种关键方法，它涉及对文学作品的语言、结构、主题和风格进行详尽分析。通过深入挖掘文本中的元素，研究者可以揭示作者的意图、作品的内涵以及文学传统中的联系。文本分析有助于解码文学作品的层次和复杂性。

文学研究方法的多元化丰富了文学研究的视野，使研究者能够更全面地理解文学作品和文学的文化背景。这些方法不仅有助于深入挖掘文学作品的内涵，还为文学作品的解释和分析提供了不同的途径。文学研究领域的多元化方法有助于不断推动文学研究的发展和创新。

三、国际学术交流

国际学术交流拓宽了学者的视野。通过参与国际学术会议、研讨会和合作项目，学者能够接触到来自不同国家和文化背景的研究方法、观点和理论体系。这种跨文化的交流，不仅能够拓展学者的学术眼界，还有助于理解和尊重不同文化传统下的文学研究方式。

国际学术交流促进了文学研究的合作与交叉。不同国家和地区的学者在合作研究项目中相互交流经验、分享资源，推动了文学研究的前沿领域和新方法的发展。跨国合作研究项目不仅能够加速研究进展，还能够提供更为全面和多元化的研究视角，为解决文学研究中的一些复杂问题提供新的思路。

国际学术交流促进了文学作品的跨文化传播。在国际学术交流的平台上，学者们常常会对文学作品进行深入的讨论和研究，从而使这些作品在不同国家间得到广泛的传播。这种传播有助于加深不同文化间的相互了解，也能够促进文学作品的国际影响力。

国际学术交流为中外文学界的学者建立了紧密的合作网络。这种合作关系不仅在学术研究上带来了丰富的成果，也为文学领域的学者提供了广泛的合作机会。通过国际合作，学者能够共同开展研究项目、撰写论文、组织学术活动，推动了中外文学界的学术繁荣。

国际学术交流在促进文学研究领域的发展、文学作品的传播以及中外学者间的合作方面发挥着不可替代的作用。通过不断加强国际学术交流，我们能够期待更多有意义的学术合作和研究成果的涌现，推动文学研究在全球范围内的持续发展。

第三节 学界的研究与观点

一、广泛的研究领域

经典文学作品的再审视是文学研究的一个重要领域。中国有着丰富的文学传统，包括了经典文学作品，如《红楼梦》、《西游记》、《三国演义》等。这些经典作品一直以来都备受推崇，也一直是学者研究的对象。他们通过文本分析、文学批评等手法，对经典文学进行深入研究，揭示其中的文学艺术之美、文化内涵和历史价值。这种研究有助于深化对中国文学传统的理解，也有助于这些经典作品在当代文学研究中的新的应用。

边缘文学成为文学研究的重要领域之一。边缘文学通常指的是那些不太为主流文学传统所接受或被较少关注的文学作品，如女性文学、同性恋文学、移民文学等。这些作品在不同的历史和文化背景下，通常代表了一些特殊群体的声音和体验。学者将目光转向这些边缘文学，探讨其中蕴含的社会、文化和性别议题，丰富了文学研究的多元性和包容性。通过关注边缘文学，研究者可以更好地理解社会的多样性和文学的广度。

文学研究还越来越关注不同身份因素的探讨。包括性别、种族、地区、性取向等因素对文学创作和接受的影响。研究者通过文学作品来探讨不同身份群体的文化认同、社会地位和生活经验。这种研究有助于理解文学如何反映和塑造了个体和群体的身份认同，以及文学在推动社会变革和包容方面的作用。关注不同身份因素的文学研究有助于拓宽文学研究的视野，使其更具包容性和社会关怀。

中国现当代文学的研究领域之所以如此广泛，得益于学者对经典文学的重视、对边缘文学的关注以及对不同身份因素的研究。这使得文学研究在面对多元社会和文化挑战时能够更好地回应，并在学术界取得丰硕的成果。通过这些多元化的研究领域，我们更好地理解了文学的复杂性，文学作品的多重意义，以及文学与社会的深刻互动。

二、国际化研究

中国学者积极参与国际学术交流。中国现当代文学的研究领域吸引了国内外的学者和研究者。中国学者积极参与国际文学研讨会、学术会议和国际期刊的编辑工作，与国际同行保持着紧密的合作。他们通过国际性的学术交流，分享研究成果，了解国际前沿的文学研究动态，并获得来自国际同行的反馈和启发。这种积极的学术交流促进了中国现当代文学研究的全球化，也有助于将中国文学的声音传播到国际舞台。

国际化研究促进了中外文学的互动和对话。中国学者与国际学者的合作不仅有助于将中国文学带到国际视野中，还能够促进文学跨文化的对话。在这个过程中，学者探讨文学的共同主题，比如人性、家庭、社会问题等，从不同文化和文学传统中获得新的启示。这种跨文化对话不仅拓宽了文学研究的领域，还有助于增进国际间的文化理解和友谊。

国际化研究也鼓励中国学者在国际学术舞台上发声。越来越多的中国学者在国际期刊上发表研究论文，参与国际性学术项目，成为国际文学研究领域的重要一员。他们的贡献不仅为中国文学的研究提供了更多的视角和方法，也推动了国际文学研究领域的发展。通过国际化研究，中国学者与国际同行建立了广泛的学术联系，共同推动了文学研究的发展。

国际化研究有助于提升中国现当代文学研究的国际声誉。中国的文学研究不仅是国内学术界的关注焦点，也在国际间逐渐崭露头角。中国学者的国际交流和研究成果被越来越多的国际同行所认可和关注。这有助于提高中国现当代文学研究的国际声誉，吸引更多国际学者和学术资源投入这一领域，进一步促进了文学研究的国际化。

国际化研究在中国现当代文学领域的兴起是一个积极的趋势。它不仅促进了中国学者与国际学术界的互动，也有助于中外文学的互动和对话。通过国际化研究，中国现当代文学的研究领域得以拓展，为文学研究的国际化和多元化贡献了力量。

三、强调文学多元性

多元的文体和流派。中国现当代文学包含了多种文体和流派，如小说、诗歌、散文、戏剧、幻想文学、实验文学等。研究者越来越关注这些文体和流派的特点和演变，深入研究它们在文学传统中的地位和影响。这种多元性使研究者能够更好地理解中国现当代文学的复杂性和丰富性。

多样的主题和题材。中国现当代文学作品涵盖了多种主题和题材，涉及社会、政治、人际关系、个人成长等方面。研究者研究这些主题和题材的出现和发展，探讨它们在文学作品中的表现和意义。文学作品的多元主题和题材反映了中国社会的多样性和复杂性。

跨文化和跨语言研究。中国现当代文学的研究不再局限于国内，还包括了跨文化和跨语言的研究。学者研究中国文学与其他文学传统之间的联系和互动，探讨文学作品在国际文学舞台上的地位和影响。这种跨文化的研究有助于拓展文学研究的国际视野，促进了不同文化之间的交流和理解。

多元的研究方法。研究者采用各种多元化的研究方法，包括文本分析、历史文化背景研究、跨文化研究、文化研究、性别研究、后殖民研究等。这些方法允许研究者从不同角度和维度研究文学作品，揭示其多重含义和内涵。多元的研究方法有助于丰富文学研究的视野，提供更全面的文学分析。

强调文学多元性已经成为中国现当代文学研究领域的一项主要趋势。这种多元性包括文体、流派、主题、跨文化研究和多元的研究方法，使文学研究变得更加丰富和多样化。这有助于更好地理解中国现当代文学作品的丰富性和复杂性，促进了文学研究的不断发展。

四、社会责任

首先，社会问题的反映。中国现当代文学作品广泛关注和反映社会问题，如社会不平等、环境问题、性别歧视、政治抑制等。文学作品通过具体的情节和角色，以生动的方式呈现社会问题，引起读者的关注和思考。学者研究文学作品如何反映和探讨社会问题，深入分析作品中的社会评论。

社会改革和革命的推动。一些文学作品被视为社会改革和革命的催化剂。它们激发读者的社会责任感，鼓励他们参与社会运动和政治改革。学者研究这些作品如何影响社会变革，分析它们对社会运动和政治改革的影响。

文学作家的社会参与。一些文学作家积极参与社会活动，通过文学作品和公开言论，倡导社会变革、人权保护、环境保护等社会活动。他们的行为被视为对文学的社会责任的体现。学者研究作家的社会参与，分析他们如何通过文学作品发声和推动社会变革。

社会责任的界定和评估。学者也关注如何界定文学作品的社会责任以及如何评估它们的社会影响。这涉及对文学作品的伦理和道德维度的探讨，以及对作品与社会互动的深入研究。学者努力建立评估文学作品社会责任的框架，为文学作品的社会影响提供更多的定量和定性分析。

中国现当代文学研究已经开始强调文学作品的社会责任，认为文学具有反映社会问题、推动社会改革和激发社会参与的潜力。这一趋势有助于文学研究更好地理解文学与社会的关系，以及文学作品在社会变革中的作用。文学的社会责任已经成为中国现当代文学研究领域的一个重要议题。

第四节　文学批评与文学创作的关系

一、相辅相成

文学批评提供反馈和指导。作家通常需要外部的反馈来改进作品。文学批评家能够提供有价值的意见和建议，帮助作家识别作品中的问题、不足之处和改进的空间。这种反馈对于作家来说是宝贵的，可以帮助他们提高写作技巧和创作质量。

文学批评激发创作灵感。文学批评家的分析和评论可以激发作家的创作灵感。作家会受到批评中提出的问题、观点或主题的启发，这些启发可以成为新作品的基础。文学批评为作家提供了一个可以深入探讨和拓展的创作思路。

文学批评有助于建立文学传统。通过文学批评，学者和评论家可以对文学作品进行分析和解读，为文学作品的理论框架和文学传统的建立做出贡献。这有助于文学作品的分类、比较和历史性的考察。文学批评帮助确立了文学作品在文学史和文化中的地位。

文学批评推动文学领域的探索和创新。文学批评促使学者和评论家研究和发现新的文学理论、方法和趋势。这些新的理论和方法可以启发文学创作，推动文学领域的进步和创新。文学批评不仅帮助理解过去的文学作品，还推动了文学未来的发展。

文学批评与文学创作是一种相辅相成的关系。文学批评为作家提供了反馈和指导，激发了创作灵感，有助于建立文学传统，并推动文学领域的探索和创新。这种互动促进了文学的进步和发展，使文学作为一门艺术和学科变得更加丰富和多样。

二、互动和亲近

文学创作激发新的批评观点。作家的创作可能包含独特的观点、风格和主题，这些内容可能激发文学批评家产生新的观点和分析方法。作品中的独特性可以引发批评家的兴趣，促使他们深入研究和探讨，从而为文学批评领域带来新的思考和观点。文学创作作品成为批评的对象。文学创作作品通常成为文学批评的对象，通过分析、评论和解释，批评家可以帮助读者更好地理解和欣赏文学作品。文学创作提供了实际的文本，为批评家提供了一个基础，让他们能够深入研究作品，并提供有价值的见解。作家与批评家的亲近关系也有助于文学领域的发展。一些作家可能与批评家保持密切的联系，进行讨论和合作，分享创作过程和思考。这种亲近关系可以促进文学领域的交流和合作，有助于深化对文学作品的理解和解读。文学创作和批评之间的互动有助于文学领域的繁荣。创作激发了批评，批评促使了创作，这种相互作用使文学领域充满活力和创新。作家和批评家的互动丰富了文学领域，使其更加多元化和有趣。

文学创作和文学批评之间是一种互动和亲近的关系。创作可以激发新的批评观点，作品成为批评的对象，作家与批评家之间的亲近关系促进了合作，这一互动有助于文学领域的繁荣和发展。这种相互关系丰富了文学的世界，使其更加富有创意和深度。

三、共同发展

作家和批评家的互动可以促进文学作品的不断改进和提高。作家通常倾向于追求完美，他们在创作中可能会遇到困难，需要外部的反馈和建议。批评家的分析和评论可以帮助作家识别文学作品中的问题，提供意见和建议，从而使作品更加丰富和深刻。这种反馈往往促使作家不断修改和改进他们的作品，以达到更高的艺术水平。

互动有助于推动文学领域的创新。作家和批评家的互动可以激发新的创意和观点。作家的作品可能包含新的思想、主题和风格，而批评家的反馈可能帮助将这些新颖元素引入文学领域。这种创新有助于文学领域保持新鲜和多样化，吸引更广泛的读者群体，推动文学的发展。

作家与批评家的互动有助于促进文学的多样性。不同的作家和批评家拥有不同的文化背景、经验和观点。他们的对话和合作可以促使文学作品涵盖不同的主题、文体和文化元素。这有助于文学作品更好地反映多元化的社会和文化现实，满足不同读者的需求。

作家和批评家的互动可以促进文学界的合作和社区感。作家和批评家通常是文学领域的关键人物，他们的积极互动和交流有助于建立一个共同体，促进了合作和互助。这种社区感有助于文学领域更好地协同工作，共同推动文学的发展。

四、传播推动

文学批评可以提供对文学作品的深入理解和解读。当作家的作品通过批评家的评论和分析得到解释时，读者更容易理解作品的内涵、主题和艺术特点。这种深入的理解可以增强读者的兴趣，并鼓励他们去阅读或重新阅读作品。批评家的观点和见解有助于读者更全面地理解文学作品，使他们更容易产生共鸣。

批评可以在文学作品的推广和推广方面发挥作用。批评家的评论通常出现在文学期刊、报纸、网络和社交媒体上，这些渠道可以帮助作品获得更多的曝光度。当读者看到关于一部作品的积极评价和深刻分析时，更有可能对该作品产生兴趣。这种曝光度可以吸引更多读者，从而促进文学作品的传播。

批评可以帮助建立作家和作品的声誉。当作家的作品得到批评家的认可和推荐时，这有助于建立作家的声誉。读者更倾向于阅读那些备受赞誉的作品，因此，文学批评对于作家来说是一种宣传和建立声誉的工具。有了声誉，作品更容易被接受和传播。

文学批评可以促进对文学作品的讨论和对话。读者常常倾向于在批评家的评论基础上与其他读者讨论作品，这种对话有助于文学作品的更广泛传播。读者之间的讨论和分享有助于作品的口碑传播，吸引更多人的兴趣。这种互动有助于将文学作品传播给更广泛的受众，建立作品的社群。

文学批评在促进文学作品的传播方面起着关键作用。批评家的深入解读、评论和推广有助于作品更好地传达给读者，建立作品的声誉，促进对作品的讨论和对话。这一传播推动有助于文学作品触及更广泛的受众，推动文学领域的发展。

第五节　批评与文学的未来发展

一、跨学科性质

文学批评将与社会科学领域更紧密地结合。社会科学如社会学、心理学和人类学等，对文学作品的影响和作用产生了深远影响。未来，文学批评可能会更多地探讨文学与社会现实的关系，包括文学如何反映社会问题、文化变革和政治变化。跨学科的研究方法将有助于更全面地理解文学的社会影响。

文学批评将与科技领域有更多的互动。随着数字化时代的到来，文学与科技的交汇将变得更加密切。计算机科学和人工智能等领域的技术将用于文学作品的分析和创作。数字人文研究将促使文学批评采用新的工具和方法，更深入地探索文学作品的文本、结构和语言。

文学批评将与环境科学和可持续发展领域展开合作。文学作品对环境和可持续性问题的反映已经引起了研究者的关注。未来，文学批评可能会更多地关注生态批评，探讨文学如何反映和影响环境问题。文学批评家和环境科学家的合作将有助于更好地理解文学作品与环境之间的关系。

文学批评将更多地与文化研究和跨文化研究领域合作。文学作品通常是文化和文化交流的产物，因此文化研究对文学批评具有重要意义。跨文化研究将探讨文学作品在不同文化之间的传播和影响，促使文学批评更多地考虑文学的全球性和多元性。

文学批评的未来将继续在跨学科性质的基础上发展。这种跨学科性质将为文学研究带来新的视角和方法，促进文学研究领域的多元发展。文学批评家将更多地与社会科学、科技、环境科学和文化研究等领域合作，以更全面地理解和探索文学作品的内涵和影响。这将丰富文学研究的领域，使文学研究更具活力和前景。

二、数字化媒体和全球化文学

数字化媒体将改变文学作品的传播和阅读方式。随着数字阅读设备的普及和数字平台的发展，人们越来越倾向于在电子设备上阅读文学作品，而非纸质书籍。这种转变将对文学批评产生影响，因为数字化媒体提供了新的阅读体验和互动方式。批评家需要考虑如何分析和评价数字化文学作品，包括电子书、网络小说和互动小说等。此外，数字媒体也为批评家提供了更广泛的传播途径，可以通过博客、社交媒体和在线期刊等渠道与读者分享批评观点。

全球化文学将成为文学研究的重要领域。文学作品的全球传播和翻译使读者能够接触到来自不同文化和语言背景的文学作品。批评家需要更多关注跨文化研究，探讨文学作品在不同文化之间的影响和对话。全球化文学也将促进文学批评的国际合作，使批评家能够参与跨国研究项目，共同探讨全球文学的重要议题。

数字化媒体和全球化文学也将推动文学批评走向多元性。新兴文学形式，如网络文学、数字诗歌和互动小说等呈现出多样性，需要不同的批评方法和理论来应对。文学批评家将更多地探讨数字化文学的特点，如超文本性、互动性和多媒体性，以更好地理解这些新兴文学形式。此外，多元性还包括不同文化和背景的文学作品，批评家需要采用跨文化的研究方法来应对挑战。数字化媒体和全球化文学也将促使文学批评更多地关注伦理和社会问题。随着文学作品在全球范围内传播，涉及伦理、文化差异和社会政治议题的作品将引起更多争议和讨论。批评家需要更多的关注文学作品对这些问题的反映和探讨，以推动社会和伦理批评的发展。

数字化媒体和全球化文学将为文学批评带来新的挑战和机遇。批评家需要适应新的文学形式和传播方式，关注跨文化研究和多元性，同时更多关注伦理和社会议题。这将使文学批评更加适应当代文学的需求，为文学研究领域的发展注入新的活力。

三、社会责任

文学作品作为社会反映的媒介将受到更多关注。文学作品常常承载着社会和文化的元素，反映了时代的价值观、历史事件和社会问题。文学批评家将更加注重分析作品如何呈现这些元素，以及对读者的触发和影响。这将有助于更深入地理解文学作品与社会互动的机制，以及文学如何塑造了社会的观念和认知。

文学批评将强调文学作品的社会责任。文学作品不仅仅是一种娱乐或艺术形式，它还承载着社会责任，包括关注社会不平等、人权问题、环境问题等。批评家将更多关注作品如何积极参与社会话题的讨论，以及它们如何激发读者的社会意识和行动。文学作家也将承担更多社会责任，通过作品传递重要的社会信息。

文学批评会探讨文学作品对文化多样性和包容性的作用。文学可以促进不同文化之间的对话和理解，帮助人们更好地了解其他文化和生活方式。批评家将关注作品如何处理文化差异，以及它们是否具有文化包容性。这有助于推动文学界更多地关注文化多样性和文化交流的问题。

文学批评将关注文学作品对社会变革和政策变革的影响。文学可以引发对社会问题的关注，激发社会行动和政策变革。批评家将更多关注作品如何在社会改进和政策制定中发挥作用，以及文学如何为社会的进步和变革做出贡献。

未来文学批评的发展将更强调文学作品对社会和文化的反映以及文学的社会责任。这将有助于深化我们对文学与社会互动的理解，以及文学如何在社会中扮演重要角色。这一趋势将推动文学研究更多地参与社会问题的探讨，使文学成为社会变革和文化多样性的有力工具。

四、文学与创作互动

文学批评可以为作家提供宝贵的反馈和启发。批评家对作品的分析和评论有助于作家更好地理解作品，发现其中的优点和不足之处。这种反馈可以帮助作家改进他们的创作技巧，不断提高文学水平。作家和批评家的对话和互动将激发更多的文学创作。

文学创作也可以激发新的文学批评观点和方法。当作家尝试新的文学形式、风格或主题时，批评家将不得不开发新的方法来解释和理解这些作品。这种互动将推动文学批评界更加灵活和富有创造性，以应对不断变化的文学创作。

作家与批评家的互动有助于文学的不断发展和创新。作家的作品通常是文学传统中的一部分，但它们也可以打破传统，引领文学进一步发展。批评家可以帮助作家更好地理解他们的作品在文学史上的地位，并鼓励他们尝试新的创作方向。

文学创作和批评的互动将有助于文学作品的更广泛传播。当批评家积极参与对作品的解读和评论时，这将引发更多读者的兴趣。此外，批评也有助于作品的更广泛讨论和争议，使原著文学作品再次受到关注。这种互动受益于作家、批评家和读者之间的共同合作，推动文学的繁荣。

未来文学批评的发展需要与文学创作互动，推动文学的发展和进步。这种互动将促进文学作品的不断创新，激发更多的文学创作和文学研究。文学将继续在文化和社会中发挥重要作用，并且作为创作者和批评家互动的产物，文学将保持其活力和吸引力。

第八章 文学教育与传承

第一节 文学教育体系与政策

一、文学教育体系的多元性

文学教育体系的多元性是一个关键的方面，它反映了不同国家和地区对文学教育的独特理念和需求。在全球范围内，文学教育的多元性在多个方面表现出来，对于学生和教育者来说，都具有重要的影响。

各国政府的文学教育政策和法规有所不同。这些政策和法规可能规定了文学教育的标准、课程设置、学位授予要求等方面的具体规定。例如，一些国家可能要求学生修习特定的文学核心课程，而其他国家可能更加注重自由度，允许学生自行选择文学领域。

文学教育的多元性在课程设置方面得到体现。不同国家和地区的文学课程可能强调不同的文学作品和流派。有些地方可能更加注重本国文学的研究，强调国内文学作品的研究和传承。而另一些地方可能更加强调跨文化文学研究，涵盖来自不同文化和语言背景的文学作品。

文学教育的多元性还体现在学位授予制度上。不同国家和地区可能提供不同类型的文学学位，如文学学士、文学硕士、文学博士等。这些学位可能具有不同的学术要求和专业方向，使学生可以根据兴趣和职业目标选择适合的学位。

文学教育的多元性为学生提供了更多的选择和机会。学生可以根据兴趣和目标选择适合的文学教育路径。例如，一名学生如果对国际文学感兴趣，可以选择一个强调跨文化文学的课程。另一名学生如果希望深入研究本国文学，可以选择国内文学课程。这种多元性有助于培养具备不同背景和兴趣的学生，为他们提供更广泛的文学知识和技能。

二、文学教育政策的调整

政府和教育机构可能会根据社会和文化的变化来调整文学教育政策。社会和文化的发展可能导致文学教育的需求发生变化。例如，随着社会多元化和国际化的加强，一些国家可能会更加注重跨文化文学教育，培养具备跨文化沟通能力的学生。政府可能会提供资源和支持，以推动这一方向的发展。此外，社会的文化偏好也会影响政策的调整。如果一种文学体裁或文学流派变得更加受欢迎，政府可能会鼓励相应的文学教育和研究。

政府和教育机构还可能根据国家的教育需求来调整文学教育政策。不同国家可能有不同的文学教育需求，取决于国家的文化和社会特点，以及经济和产业的发展方向。政府可能会根据国家的战略目标来制定文学教育政策。例如，一些国家可能强调培养文化产业人才，鼓励学生学习文学创作和文学市场营销。另一些国家可能更加注重文学教育的社会和文化价值，强调培养学生的文学素养和人文精神。

政策的调整对文学教育的发展方向产生深远的影响。它可以引导学校和大学制定相应的文学课程和教育计划，以满足政府的政策要求。同时，政府的政策也会影响文学教材的编写和选用，以确保教育内容符合政府的要求。这种政策调整通常是根据专家意见和社会反馈进行的，以保持文学教育的与时俱进和适应社会需求。

三、文学教育与社会需求的协调

文学教育应当培养学生的文学素养。包括对文学作品的理解、分析和鉴赏能力，以及文学史、文学理论等方面的知识。文学教育的目标之一是让学生能够欣赏文学作品的美学价值，理解文学作品背后的文化和历史背景，以及掌握文学创作和表达的技巧。这些方面的培养对于学生成为有文学素养的公民至关重要，无论他们将来从事何种职业或社会角色。

文学教育也应当与社会需求协调一致。社会需求随着时间的推移可能发生变化，新的职业和技能要求可能出现。因此，文学教育需要不断调整和更新，以满足学生将来的职业需求。这可以通过与相关行业和雇主的合作来实现，了解他们对员工所需技能和素养的期望。文学教育机构可以调整课程内容，引入相关的文学领域，以培养学生具备更多的职业技能。

文学教育还需要关注社会问题和挑战，融入教育内容中。例如，社会问题如性别平等、多元文化和环境问题等，可以成为文学作品的主题。通过教授这些文学作品，学生可以更好地理解和关心这些重要问题，为社会变革和进步做出贡献。此外，文学教育还应鼓励学生培养批判性思维和创新思维，以应对复杂的社会挑战。文学作品常常鼓励学生思考伦理和道德问题，培养道德判断力和社会责任感。

文学教育与社会需求之间的协调至关重要。文学教育旨在培养有文学素养的公民，同时也应当满足不断变化的职业和社会需求。政府、教育机构和学校应共同努力，确保文学教育能够为学生提供丰富的文学素养，同时使他们具备满足社会需求的技能和知识。这种协调有助于培养出更全面和有竞争力的毕业生，为社会和文学领域的发展做出积极贡献。

四、文学教育的可及性

文学课程的开放性是确保可及性的关键。学校和教育机构应确保他们的文学课程对所有学生都是开放的，无论背景、经济状况或其他因素如何。这意味着不应该有不合理的入学限制，课程内容和教材应该适应不同类型的学生，以满足他们的需求和兴趣。

金融支持和奖学金制度是提高文学教育可及性的重要手段。政府和学校可以提供奖学金和金融支持，帮助经济困难的学生获得文学教育。这包括学费减免、生活费支持和购买教材的帮助等。通过这些措施，可以确保更多学生有机会接受文学教育，而不会因为经济原因被排除在外。在线教育和远程学习也可以提高文学教育的可及性。随着数字技术的发展，学生可以通过在线课程获得高质量的文学教育，而不必前往学校。这对于那些不能前往学校或住在偏远地区的学生来说是一个重要的机会，他们可以在自己的步伐和时间内学习文学。

此外，文学教育应该跨足社区和文化。学校和机构可以积极参与社区文学活动，鼓励学生参与文学创作和表演。这种参与有助于学生更好地理解文学的现实应用和社会意义。政府、学校和教育机构需要共同努力，制定政策和计划，以确保文学教育的可及性。包括资金投入、制定政策和法规，以及开展社会宣传活动，提高文学教育的重要性。

文学教育的可及性是一个关键问题，政府和教育机构应该采取措施，确保每个人都有机会接受高质量的文学教育。通过开放的课程、金融支持、在线学习和社区参与，可以提高文学教育的可及性，促进文学传统的传承和创新。这将有助于培养更多有文学素养的公民，为社会的文化发展和进步做出积极贡献。

第二节　文学课程与教材

一、多元化的文学课程

（一）经典文学的价值

经典文学作品是文学传统中的瑰宝，具有不朽的价值，反映了不同历史时期和文化的思想、情感和审美。学生通过阅读经典文学作品，可以更好地理解文学的历史和演变。包括莎士比亚的戏剧、但丁的《神曲》、莫泊桑的短篇小说等，它们为学生提供了对不同文学时代和风格的了解。

（二）当代文学的重要性

当代文学作品反映了当前社会、文化和政治的现实，对于学生来说更具现实意义。学习当代文学使学生能够参与对当今世界的思考和讨论，了解当代作家对社会问题的反应。像奥兰多·怀特的《远离天堂的地方》、阿尔贝·卡穆的《局外人》和韩寒的《三重门》等当代文学作品。

（三）跨文化文学的视野

跨文化文学课程涵盖了来自不同国家和文化的文学作品。这种课程激发了学生对多元文化的兴趣，帮助他们理解不同文化的价值观和传统。学生可以通过阅读非洲、拉丁美洲、亚洲等地区的文学作品，探索世界各地的文学传统，拓宽他们的文学视野。

（四）文学流派和主题的多样性

多元化的文学课程应该包括不同文学流派，如诗歌、小说、戏剧、短篇小说等。这有助于学生了解不同文学形式的特点和风格。此外，课程还应该覆盖不同主题，如爱情、自由、社会正义、人权等，反映了文学作品所涵盖的广泛主题。

多元化的文学课程有助于培养学生的文学素养，激发他们对文学的兴趣，以及批判性思维和分析文学作品的能力。通过多元化的课程，学生可以体验到文学的广度和深度，并将这些知识和见解应用到学术生涯和生活中。这不仅有益于学生的个人成长，还有助于推动文学领域的发展和繁荣。

二、教材的选择与更新

当谈到教材的选择与更新时，我们必须认识到多样性的重要性。教材的多样性是文学教育的核心之一。教师和教育机构应该精心挑选教材，确保它们涵盖不同领域、时期和文学流派的作品。这意味着学生不仅应该接触到经典文学作品，还应该有机会研究当代文学、跨文化文学等。

在一个文学课程中，学生可以阅读古希腊的史诗诗歌，如《荷马史诗》，以了解古代文学的精髓。然而，他们也应该能够研究当代作家的作品，如村上春树或奥尔汀·帕慕克，以更好地理解现代文学的特点。跨文化文学的研究也能够让学生探索不同国家和文化的文学传统，比如，中国的唐诗宋词、拉丁美洲的魔幻现实主义文学等。

教材的更新同样至关重要。文学领域一直在不断发展，新的文学作品不断涌现，文学理论也在演进。因此，教材必须跟上时代的步伐，反映最新的文学成就和研究。定期审查和更新教材，以确保教育的有效性，对学生的学术兴趣有吸引力。

在现代文学领域，新兴的作家如艾莉斯·门罗、村上春树、詹妮特·温特森等都产生了重要的文学作品。这些新作品应该纳入教材中，让学生能够接触到当代文学的重要成就。文学理论方面，新的研究方法和观点也应该被纳入教材，以激发学生的批判性思维。多样性和更新是文学教育中教材选择与更新的两个关键方面。通过确保多样性和更新，文学教育可以更好地满足学生的需求，培养他们的文学兴趣和批判性思维。这将有助于培养下一代有文学素养的公民，推动文学传统的传承与创新。

三、跨学科教学

跨学科教学在文学教育中具有深远的重要性，它能够丰富学生的学术经验、拓展知识领域，以及促进更深入的文学理解。文学作品不是独立存在的，它们与历史、哲学、社会学、心理学等多个学科存在着紧密的联系。因此，跨学科教学有助于学生将文学作品置于更广泛的文化和知识背景中。

通过与其他学科的交叉，文学教育可以为学生提供更丰富的背景信息。例如，当学生阅读一部历史小说时，历史学课程的融入可以帮助他们更好地理解小说中的时代背景、历史事件和文化元素。这种融合让学生能够更全面地理解文学作品，而不仅仅是从文学的角度去看待。跨学科教学有助于培养学生的批判性思维和分析能力。他们被鼓励以不同的角度来审视文学作品，从历史、社会、心理等多个角度进行分析。这种批判性思维的培养，不仅对于文学研究有益，还对于学生的终身学习和职业发展具有重要价值。

跨学科教学有助于激发学生的兴趣。学生可能对其他学科感兴趣，但不会主修，通过文学教育的跨学科特点，他们能够接触到其他领域的知识，可能会激发对这些领域的更深入兴趣。这对于发展全面的知识和技能，以及未来的学术和职业选择都是有益的。跨学科教学是适应现代社会的需求的一种方式。现代社会需要有广泛知识和跨领域思维能力的人才，而跨学科文学教育正是培养这种类型人才的有效途径。这对学生的未来职业发展和社会参与都有积极影响。

四、文学教材的数字化

数字化文学教材提供了更大的灵活性。传统的教材通常是纸质教材，学生需要携带大量书籍，这在某些情况下可能不够便捷。而数字化教材可以在各种设备上访问，如电脑、平板电脑、智能手机等，学生可以随时随地进行学习。这种便携性对于现代学生来说尤为重要，特别是对于那些需要经常在不同地方之间移动的学生，如旅行者、职业生涯发展中的人。

数字化教材的互动性使学习过程更加生动和有趣。这些教材可以包含音频、视频、互动练习和链接到在线资源的功能，丰富了学生的学习体验。例如，学生可以通过观看视频来更好地理解一部戏剧的表演，或者通过互动练习来测试他们对文学作品的理解。这种互动性有助于激发学生的学习兴趣，提高参与度。数字化教材还可以提供更多的资源和多样性。学习文学不仅仅是阅读文本，还包括研究作品的历史、文化背景和相关文学理论等。数字化教材可以链接到在线文献、研究文章、文学评论和其他相关资源，为学生提供了更多的背景信息，以帮助他们更深入地理解文学作品。

数字化教材有助于教育者更好地跟踪学生的学习进展。教育者可以使用在线学习平台来监测学生的作业完成情况、测验成绩和参与度。这种实时反馈可以帮助教育者更好地调整教学方法，以满足学生的需求。

数字化教材的更新速度更快。在文学领域，新的文学作品和研究成果不断涌现。传统纸质教材的更新通常需要较长时间，而数字化教材可以更快地进行更新，确保学生始终接触到最新的文学作品和研究。

数字化教材已经在文学教育中发挥着重要作用。它提供了更大的灵活性，增加了互动性，提供了更多资源，帮助教育者更好地跟踪学生的学习进展，并确保学生接触到最新的文学成就。这一趋势将继续塑造文学教育的未来，为学生提供更丰富和多样的学习体验。

第三节 文学教学方法与实践

一、互动式教学

小组讨论是互动式文学教学的一种重要形式。在小组讨论中，学生可以就文学作品的主题、情节、角色等展开深入的讨论。通过互动，他们可以分享不同的观点和理解，这有助于扩大他们的视野，更全面地理解文学作品。此外，小组讨论也促进了学生的批判性思维，因为他们需要用论据来支持自己的观点，并针对他人的观点提出质疑。

角色扮演也是一种互动式教学方法，可以帮助学生更好地理解的角色和情节。通过扮演角色，学生可以深入体验和理解角色的情感和动机，这有助于他们更好地分析文学作品。此外，角色扮演也增加了学习的趣味性，激发了学生的创造力。

写作是另一个互动式文学教学的关键元素。学生可以通过写作来表达对文学作品的理解和观点。包括读后感、文学评论、创作等不同形式。通过写作，学生可以更好地整理和表达思维，同时也可以培养写作技能，这对于提高他们的表达能力非常重要。

演示也是互动式文学教学的一种方式。学生可以通过演示来分享他们对文学作品的理解，向同学们和教师展示自己的分析和见解。这有助于提高学生的口头表达能力和自信心，同时也促进了学生之间的互动和学习。

互动式文学教学方法的优势在于，它不仅关注了学生的知识获取，还强调了学生的参与和批判性思维能力的培养。通过互动，学生可以更深入地理解文学作品，培养分析和判断能力，同时也增加了学习的趣味性。这种教学方法有助于培养学生的文学素养，提高他们的综合能力，为他们未来的学术和职业生涯打下坚实的基础。因此，互动式文学教育应该在文学教育中得到更广泛的应用。

二、跨文化交流

第一，跨文化交流通过文学作品帮助学生了解其他国家和地区的文化和历史。文学作品通常反映了特定文化和时代的特征，包括社会、政治、宗教、价值观等。通过阅读和分析作品，学生可以深入了解其他文化的传统和背景，拓宽他们的知识视野。这有助于消除文化偏见和误解，促进不同文化之间的相互尊重和理解。

第二，跨文化交流通过文学作品培养学生的国际视野。在全球化时代，具备国际视野的人才更受欢迎。文学作品可以帮助学生跨越国界，了解全球性的问题，关注国际社会的发展和挑战。通过研究不同文化的文学作品，学生可以培养全球公民意识，更好地适应国际化的环境。

第三，跨文化交流通过文学作品促进了多元文化教育。文学作品反映了不同文化背景下的多元性，包括种族、宗教、性别、性取向等。通过研究多元文化的文学作品，学生可以更好地理解和尊重不同群体的差异，促进包容性和多元文化意识的培养。

第四，跨文化交流通过文学作品促进了语言学习。文学作品通常以原汁原味的语言创作，通过阅读和研究作品，学生可以提高他们的语言技能，包括阅读、听力、口语和写作。这对于学习外语和跨文化沟通非常有帮助，有助于学生在国际舞台上更好地展现自我。

跨文化交流通过文学教育为学生提供了丰富的文化体验，帮助他们更好地理解世界，培养国际视野和全球公民意识，促进多元文化教育，提高语言技能。这使得文学教育不仅仅是知识的传递，更是一种推动跨文化交流和理解的有力工具。因此，在文学教育中加强跨文化交流的元素对于学生的综合素质和国际竞争力的提升具有不可估量的价值。

三、实践和实地研究

实践和实地研究在文学教育中扮演着至关重要的角色，因为它们为学生提供了更深入、更具体的文学体验，有助于将抽象的文学理论和概念转化为实际的感知和理解。实践和实地研究可以通过多种方式来实现，包括参观文学博物馆、剧院、文学史上的重要场所，参加文学活动和野外考察等。以下是实践和实地研究在文学教育中的重要性和益处：

实践和实地研究可以使学生更深入地了解文学作品的历史和文化背景。通过参观与文学作品相关的地点，如作家的故居、文学史上的重要场所，学生可以更好地理解作品的创作背景和历史情境。这有助于将文学作品置于更广泛的文化和历史语境中，丰富了学生对作品的理解。

实践和实地研究可以激发学生的兴趣和激情。体验文学活动，如参观剧院观看话剧演出、参加文学讲座或文学会议，可以激发学生对文学的兴趣和热情。这种参与有助于学生更深入地投入到文学研究和学习中，提高他们的学习动力。

实践和实地研究可以培养学生的观察和分析能力。学生在实地考察中需要观察、记录和分析所见所闻，这有助于培养他们的观察和分析技能。这些技能对于文学研究和批判性思维非常重要，因为它们使学生能够更深入地理解文学作品，并提出有力的分析和观点。

实践和实地研究还可以促进学生的创造力和创作能力。参与文学活动和实地考察可以激发学生的创造力，启发他们进行文学创作。学生可以受到所见所闻的启发，创作出有关自己的文学作品，这有助于他们发展创造性思维和表达能力。

实践和实地研究有助于将文学教育与现实生活联系起来。学生通过体验文学活动，可以更好地理解文学作品与现实生活之间的联系和影响。这使得文学教育不仅仅是理论的学习，更是与生活和社会相关的实践，有助于培养学生的实际应用能力。

四、艺术表演和文学活动

艺术表演和文学活动可以激发学生的情感共鸣。通过朗诵、戏剧表演、音乐表演等方式，学生可以更深刻地感受文学作品中的情感和情感表达。他们可以通过表演来体验作品中的角色情感，感受诗歌中的抒发，这有助于提高他们对文学作品的情感理解和共鸣。艺术表演和文学活动有助于提高学生的表达能力。参与戏剧表演或朗诵会等活动，要求用声音、表情和动作来传达文学作品的含义和情感。这有助于培养学生的表达和沟通能力，提高他们的口才和表演技巧。

艺术表演和文学活动可以促进学生的创造性思维。学生参与戏剧表演时，需要思考如何将文学作品中的情节和角色转化为具体的表演，这要求他们进行创造性思考和创作。这种创造性思维有助于学生培养创意和想象力，提高他们的文学创作能力。艺术表演和文学活动可以增强学生的合作和团队合作能力。在戏剧表演中，学生需要与其他演员协同作业，共同呈现文学作品。这有助于培养学生的合作和团队合作精神，提高他们的社交能力。

艺术表演和文学活动可以使文学更具趣味性。通过参与表演和互动的方式，学生可以更好地理解文学作品，使学习过程更加生动和有趣。这有助于提高学生对文学的兴趣，激发他们深入研究文学的热情。

艺术表演和文学活动在文学教育中发挥着重要作用。它们有助于激发学生的情感共鸣，提高表达能力，培养创造性思维，增强团队合作能力，使文学更具趣味性。因此，在文学教育中，艺术表演和文学活动应被视为促进学生全面发展的重要教育元素。

第四节　学术研究与导师制度

一、导师的角色

导师是学术研究的指导者。他们根据学生的兴趣和研究方向，提供专业的指导，引导学生选择合适的研究课题，并为学生提供研究方法和技巧的培训。导师的经验和学识为学生的研究提供了宝贵的支持。

导师是学生学术生涯的引路人。他们不仅分享学术知识，还传授学术道德和规范，引导学生进行学术研究和写作。导师的教诲帮助学生建立起正确的学术观和方法论，为他们的学术生涯奠定了坚实的基础。

导师还扮演着学生心灵导航的角色。在学术和生活中，学生会遇到各种问题和困扰。导师作为学长学姐，经历过类似的挑战，能够以经验和智慧为学生提供指引和建议。导师的关心和鼓励，使学生在困难面前更加坚强和勇敢。

导师还是学术交流的桥梁。他们介绍学生参加学术会议、发表学术论文的机会，推荐学生参与学术合作项目，拓宽学生的学术视野，增加学术经验。导师的推荐和支持，为学生在学术领域的发展提供了宝贵的机会。

最重要的是，导师是学生的榜样和激励。他们的学术成就和人格魅力，激发学生的学术热情和进取心。学生在导师的榜样引领下，不断追求学术卓越，努力探索未知领域，为学术界的发展贡献力量。

总的来说，导师在文学教育中扮演着多重角色，是学生学术生涯中不可或缺的重要支持者和指导者。他们的悉心指导和关怀，为学生的学术成长和人格发展提供了坚实的支持，为学术界培养了一代又一代优秀的文学人才。

二、学术研究的重要性

学术研究培养了学生的批判性思维。通过学术研究，学生学会了分析文学作品、提出问题、寻找证据和发展论点。这些批判性思维的技能不仅在学术界有用，也在日常生活中帮助学生更好地理解和评估信息。学术研究培养了学生的独立思考能力。在研究过程中，学生需要自主选择研究课题、制定研究计划、查找文献、分析数据和撰写论文。这种独立性培养了学生的自信和决策能力，可能使他们能够在各种领域取得成功。

学术研究还有助于学生深入了解文学作品和文学领域。通过研究，学生可以挖掘文学作品的深层内涵，了解作者的意图和社会背景，深化对文学作品的理解。这有助于学生更好地欣赏文学作品，发现其中的价值和意义。学术研究促进了文学领域的发展。学生的研究成果和学术论文为文学界提供了新的见解和观点，丰富了文学研究的内容。他们的研究也有助于挖掘被忽视或被误解的文学作品，为文学领域带来更多的多样性和包容性。

学术研究培养了学生的沟通和表达能力。在研究过程中，学生需要撰写论文、进行口头展示和参与学术讨论。这有助于他们提高书面和口头表达能力，成为更好的沟通者。

总的来说，学术研究在文学教育中扮演着重要的角色，培养了学生的批判性思维、独立思考能力，深化了他们对文学作品的理解，为文学领域的发展做出了贡献，同时，提高了学生的沟通和表达能力。学术研究不仅是知识的获取，更是思维和人格的培养。

三、跨学科研究

跨学科研究拓宽了文学研究的视野。传统的文学研究主要关注文学作品本身，包括文本的分析和解读。而跨学科研究将文学作品置于更广泛的文化、历史和社会背景中，使研究者能够更全面地理解文学作品。例如，结合文学研究和历史研究，可以深入探讨文学作品与特定历史时期的关系，了解作品如何反映当时的社会和政治背景。

跨学科研究有助于深化对文学作品的理解。文学作品通常反映了丰富的文化和社会元素，包括价值观、性别角色、族裔关系等。通过结合文学研究和性别研究、文化研究等跨学科领域，研究者可以更深入地探讨这些元素在文学作品中的表现，帮助读者更好地理解作品的复杂性。

跨学科研究也促进了学科之间的交流与合作。文学研究者可以与其他学科的专家合作，共同探讨跨学科课题，这有助于促进不同领域的学术交流与合作。例如，文学研究和心理学研究的结合，可以探讨文学作品对人类情感和心理的影响。

跨学科研究有助于解决现实世界的问题。文学作品通常反映了社会和文化的问题，结合文学研究和社会科学研究，可以更好地理解和解决一系列社会问题，如性别不平等、文化冲突、历史记忆等。

最后，跨学科研究为文学领域的发展带来了新的机遇和挑战。它推动了文学研究的多元化和交叉，丰富了文学研究的方法和内容。然而，跨学科研究也需要研究者具备跨领域的知识和技能，以应对复杂的研究课题。

跨学科研究在文学领域中具有重要的意义。它拓宽了研究视野，深化了文学作品的理解，促进了学科之间的交流与合作，有助于解决社会问题，同时，为文学研究的发展带来新的机遇和挑战。跨学科研究不仅丰富了文学研究，也为学术界和社会带来了更多的知识和启发。

四、学术研究的支持

学术研究的支持包括提供研究经费。研究经费是进行实际研究项目所需的资金，用于采集数据、访问研究场所、购买研究工具和材料等。学校和机构可以通过设立专门的研究基金或奖学金来支持学生和教职员工的研究项目。这些经费有助于激励研究者积极从事研究工作，推动学术研究的开展。

学术研究的支持包括提供图书馆资源。图书馆是学术研究的重要场所，提供了大量的文献资料和研究工具。学校和机构需要投资于图书馆的建设和维护，以确保研究者能够方便地获取所需的文献和资料。同时，数字化图书馆和在线数据库的发展，也为学术研究提供了更多便捷的资源。

学术研究的支持包括提供研究机会。学校和机构可以组织研究项目、学术会议、研讨会等活动，为研究者提供展示和交流研究成果的机会。这些机会有助于促进学术交流与合作，拓宽研究领域，培养研究者的综合素养。

学术研究的支持包括提供导师和指导。导师在学术研究中发挥着关键作用，他们指导学生的研究项目，提供反馈和建议，分享研究经验。学校和机构应该鼓励教职员工与学生建立良好的导师关系，帮助他们更好地进行学术研究。

总的来说，学术研究的支持是文学教育不可或缺的一部分。它有助于推动文学领域的发展，培养学生的研究能力，促进学术交流与合作。学校和机构应该重视学术研究的支持，为学生和教职员工提供必要的资源和机会，以促进学术研究的蓬勃发展。这将有助于提高文学教育的质量和深度，为学术界和社会带来更多的知识和创新。

第五节 文学传统的传承与创新

一、传统文学的保护和传承

保护传统文学作品意味着确保它们的保存。这包括对古籍的修复和数字化存档，以便更多的人可以访问和研究这些作品。许多古籍和手抄本在历史上遭受了严重的破坏，为了保护原貌，需要进行修复和保存工作。此外，数字化技术的应用可以让这些作品以电子形式永久保存，使它们免受物理损害。

传承传统文学作品涉及到将这些作品引入文学教育中。学生应该有机会学习和阅读经典文学作品，了解它们的文学价值和历史背景。经典文学作品通常具有丰富的内涵和多重解读，通过学习，学生可以培养批判性思维和文学理解能力。文学课程可以包括经典文学的阅读和讨论，以帮助学生更好地理解这些作品。

传统文学的传承还需要强调口头传统。口头传统文学是一种通过口头传递而不是书面形式传承的文学作品，如民间故事、传说和口头传承的诗歌。这些作品在不同文化中占有重要地位，因为它们传递了特定文化的价值观和传统知识。文学教育可以鼓励学生参与口头传统的研究和表演，以保护和传承这些文学遗产。

传统文学的传承也需要关注文学翻译和跨文化交流。经典文学作品通常限定于特定文化和语境，通过翻译，它们可以传播到全球各地，让更多人有机会阅读和理解这些作品。文学教育应该强调跨文化理解和翻译技能的培养，以促进经典文学的国际传承。

传统文学的保护和传承是文学教育中的重要任务。它有助于保护文学遗产，培养学生的文学理解能力，促进口头传统的传承，以及促进跨文化交流。文学教育应该重视这一任务，以确保经典文学作品在未来得以传承和传播，为社会和文化带来丰富的文学遗产。

二、文学创新和实验

文学创新是鼓励学生在创作中尝试新的思路和方法。这包括尝试不同的文学风格、叙事结构和主题。学生可以写短篇小说、诗歌、戏剧、创造性非小说作品，以表达他们的创意和想法。文学创新有助于培养学生的创造性思维和独立创作能力。文学实验涉及到挑战传统文学规则和形式。学生可以尝试使用实验性的文学技巧，如拼贴文本、非线性叙事和多重叙述。这种实验有助于学生打破常规，探索文学的可能性。文学实验可以激发学生的想象力，鼓励他们思考文学是如何塑造和演变的。

文学创新和实验还可以涉及跨媒体和多媒体文学。学生可以结合文学作品与音乐、视觉艺术、电影等其他媒体，创造出跨学科的文学作品。这种多媒体创新有助于学生将文学与其他艺术形式相结合，创造出更具表现力的作品。

文学创新和实验也可以鼓励学生参与文学活动和比赛。学生可以参加诗歌朗诵比赛、文学杂志的投稿、戏剧表演等活动。这些机会不仅有助于学生展示创作才能，还可以与其他文学爱好者分享作品。

文学创新和实验在文学教育中扮演着重要的角色。它们鼓励学生表达自己的创意和思想，挑战传统文学形式，创造出新的文学作品。通过文学创新和实验，学生可以培养创造性思维、表达能力和文学才能，为文学领域的未来贡献新的创意和见解。

三、推广少数文学

推广儿童文学在文学教育中扮演着重要的角色。儿童文学不仅是孩子们的娱乐，还可以培养他们的阅读兴趣和文学素养。通过在文学课程中引入儿童文学作品，学生可以了解不同文学流派和主题，同时；也促进了跨年龄的文学交流。儿童文学的推广有助于培养下一代的文学爱好者。

民间文学是一种反映民间智慧和文化传统的文学形式。在文学教育中，推广民间文学作品有助于学生了解不同文化的价值观和传统。这包括传说、谚语、民间故事等。通过学习民间文学，学生可以拓宽文化视野，理解不同文化之间的联系和差异。

推广少数民族文学对于保护和传承各个民族的文学传统至关重要。少数民族文学作品通常反映了不同民族的历史、宗教和生活方式。在文学教育中，引入少数民族文学作品可以促进跨文化的理解和尊重。这有助于学生更好地欣赏和尊重多元文化。

推广少数文学也可以通过文学活动和比赛来实现。举办儿童文学朗诵比赛、民间文学故事分享会、少数民族文学写作比赛，可以激发学生的兴趣，促进他们与这些文学形式互动。这些活动不仅有助于学生更深入地理解少数文学，还可以增加他们的参与感和创造力。

推广少数文学在文学教育中是非常重要的。它有助于保护和传承多样性的文学传统，培养学生的文学素养和跨文化理解能力。通过引入儿童文学、民间文学和少数民族文学作品，文学教育可以为学生提供更广泛的文学体验，丰富他们的文学知识和视野。

四、跨文化对话

跨文化对话可以通过研究不同国家和地区的文学作品来实现。学生可以阅读来自不同文化背景的文学作品，了解不同文化的历史、传统、价值观和社会背景。这有助于拓宽他们的文化视野，认识文学是一种跨越国界的共同语言。

跨文化对话还包括对文学作品中的跨文化元素的探讨。很多文学作品涉及到不同文化之间的互动和交流。学生可以研究这些元素，如文化冲突、文化融合和文化转化。通过深入分析这些元素，他们可以更好地理解文学作品中的跨文化主题。

跨文化对话可以促进跨文化的理解和尊重。通过研究不同文化的文学作品，学生可以认识到每种文化都有其独特之处，但也存在相似之处。这有助于减少偏见和误解，培养学生的跨文化敏感性。

跨文化对话还可以通过学生之间的讨论和交流来实现。教师可以组织小组讨论或跨文化文学研究项目，鼓励学生分享文化背景和观点。这种互动有助于学生更深入地理解不同文化，同时，也促进了跨文化的对话和友谊。

跨文化对话在文学教育中具有重要的作用。它有助于学生拓宽文化视野，促进跨文化的理解和尊重。通过研究不同文化的文学作品和元素，以及学生之间的互动，文学教育可以为培养具有跨文化敏感性的学生做出贡献。这有助于构建一个更加包容和多元的社会。

参考文献

[1] 王兆胜，李琳．新时期以来文学研究的现状理念与方法 [M]．北京：中国社会科学出版社，2022.12.

[2] 冀艳．中国现当代东北作家与作品多维度解读 [M]．长春：吉林出版集团股份有限公司，2022.08.

[3] 康静，吴文静．中国现当代文学的分期探索 [M]．北京：中国书籍出版社，2022.07.

[4] 李宗刚．山师学人视阈下的中国现当代文学 [M]．济南：山东大学出版社，2022.04.

[5] 魏巍．文化心理与政治 多维视野下的 20 世纪中国文学研究 [M]．北京：中国社会科学出版社，2022.03.

[6] 汤哲声，张蕾．中国现当代通俗文学研究论集 [M]．苏州：苏州大学出版社，2020.09.

[7] 蒋林欣．中国河流文学研究 [M]．北京：新华出版社，2020.07.

[8] 杨伟莉．基于文化视角的现当代文学研究 [M]．延吉：延边大学出版社，2020.07.

[9] 王存良．现当代文学的发展与审美 [M]．沈阳：辽海出版社，2020.01.

[10] 葛胜军．中国现当代文学思潮探索 [M]．西安：陕西旅游出版社，2020.07.

[11] 王俊虎．延安文学经验的当代承传 [M]．北京：人民出版社，2020.04.

[12] 刘铁群．广西现当代文学研究 [M]．桂林：广西师范大学出版社，2019.12.

[13] 马英．文化视角的中国现当代文学研究 [M]. 延吉：延边大学出版社，2019.11.

[14] 苏枫．现当代文学作品赏析 [M]. 北京：现代出版社，2019.10.

[15] 石文颖，彩云．现当代文学研究 [M]. 吉林出版集团股份有限公司，2019.07.

[16] 王一川．中国现代文论传统 [M]. 北京：北京师范大学出版社，2019.07.

[17] 王计云，唐文静．中国现代文学史 [M]. 长春：吉林文史出版社，2019.06.

[18] 崔志远，吴继章．中国语言文学研究 [M]. 北京：社会科学文献出版社，2019.03.

[19] 聂风云．文学思想研究与文学语言观透视 [M]. 北京：中国纺织出版社，2019.03.

[20] 陈国恩．现代性与中国现代文学 [M]. 北京：中国社会科学出版社，2019.03.

[21] 刘明静，黄毅，陆青．当代汉语言文学研究及文学鉴赏能力培养 [M]. 沈阳：辽海出版社，2018.12.

[22] 余琪．历史背景下的中国现当代文学发展研究 [M]. 青岛：中国海洋大学出版社，2018.10.

[23] 耿玉芳．略论现当代文学及其研究 [M]. 北京：九州出版社，2018.10.

[24] 王京通．中国现当代文学的研究现状与发展 [J]. 好日子（中旬),2018,(第2期).

[25] 卢红娟．中国现当代文学的研究现状与发展 [J]. 大众文艺,2016,(第24期)：256，255.

[26] 张静．中国现当代文学研究过程中史学化发展趋势 [J]. 佳木斯职业学院学报,2019,(第12期)：181-182.

[27] 贺仲明.文本研究与中国现当代文学学科之发展[J].南京师大学报（社会科学版）,2007,（第5期）：116-119+128.

[28] 高玉.文学理论与中国现当代文学研究[J].社会科学,2020,（第2期）：171-181.

[29] 刘晓璐.传播学视野下的中国现当代文学研究[J].智库时代,2023,（第20期）：191-193.

[30] 王诗蕾.中国现当代文学的研究分析[J].参花（上）,2021,（第12期）：25-26.

[31] 李婷."三全育人"视域下中国现当代文学课程思政育人路径研究[J].高教学刊,2023,（第28期）：182-185.

[32] 殷鹏飞.理论转换与中国现当代文学研究中的"史料系统"[J].人文杂志,2023,（第3期）：43-51.

[33] 刘莹.论罗鹏的中国现当代文学研究[J].当代作家评论,2019,（第2期）：124-130,84.

[34] 欧阳宇光.传播学视野下的中国现当代文学研究[J].对联,2022,（第22期）：7-9.

[35] 孙丹."中国现当代文学研究"的"史学化"趋势[J].文化创新比较研究,2020,（第3期）：26-27.

[36] 鹿义霞.基于应用型人才培养的中国现当代文学课程教学改革研究[J].教育观察,2022,（第32期）：77-79.

[37] 王宁宁.中国现当代文学作品的英译研究[J].产业与科技论坛,2018,（第17期）：164-165.

[38] 赫维.中国现当代文学教学改革研究[J].长江丛刊,2018,（第9期）：278-280.

[39] 聂先泽 . 新时代下的中国现当代文学的发展 [J]. 北方文学 ,2018,(第 20 期)：22-23.

[40] 高兴 . 城市文化视野下中国现当代文学研究范式革新论 [J]. 内蒙古社会科学 (汉文版),2021,(第 3 期)：127-133，213.

[41] 王瑞俊 . 中国现当代文学作品中的民俗文化体现研究 [J]. 武汉冶金管理干部学院学报 ,2019,(第 3 期)：85-87.

[42] 丁秋霞 . 中国现当代文学研究的必要性与途径 [J]. 北方文学 ,2016,(第 23 期)：54.

[43] 宋慧娟，熊焕光 . 基于高职师范生的中国现当代文学课程改革研究与实践 [J]. 海外文摘·学术版 ,2021,(第 24 期)：80-82.

[44] 季红真 . 关于中国现当代文学研究的方法论问题 [J]. 东岳论丛 ,2018,(第 6 期)：82-89，192.